9클래스 소드 마스터

이형석 퓨전 판타지 장편소설

WISHBOOKS FUSION FANTASY STORY

9클래스 소드 마스터 6

이형석 퓨전 판타지 장편소설

초판 1쇄 찍은 날 | 2019년 11월 12일
초판 1쇄 펴낸 날 | 2019년 11월 19일

지은이 | 이형석
펴낸이 | 예경원

기획 | 위시북스
편집책임 | 이은송
편집 | 위시북스

펴낸곳 | 예원북스
등록번호 | 제396-2012-000132호
등록일자 | 2012. 7. 25
KFN | 제1-483호

주소 | 경기도 고양시 일산동구 호수로 646-24 위너스21II빌딩 206A호 (우)10401
전화 | 031-819-9431 팩스 | 031-817-9432
E-mail | yewonbooks@naver.com

ISBN 979-11-365-0500-2 04810
       979-11-6424-597-0 (set)

9클래스 소드 마스터
WISHBOOKS FUSION FANTASY STORY
이형석 퓨전 판타지 장편소설
6
Wish Books

CONTENTS

▶**Chapter 1**◀

"너희들에게 할 이야기가 있다."

크웰 맥거번은 한자리에 모인 자신의 아들들을 바라보며 말했다.

태양관에서 황제가 자신을 호명하지 않은 것을 보고 그는 어느 정도 예상은 했던 일이었지만 상황이 더욱 좋지 않아졌다는 것을 깨달았다.

이미 올리번을 택하고 황제에게서 마음을 돌린 자신을 그래도 그의 옆에 둔다면, 크웰은 아직 황제가 자신의 지지를 다시 다지기 위해 시간을 가지려는 것이라고 생각하려 했다.

하지만 이번 남부 토벌로 세 명의 황자 모두를 보냈다.

황제는 시간을 두려 하지 않았다.

'어째서……. 폐하는 자신이 낳은 자식들을 자신의 손으로

죽이려 하는가.'

그럴 것이라면 애초에 낳지를 말 것을.

인간의 욕심이란 너무나 두려울 정도였다.

정복왕이라는 이름에 걸맞은 그는 영토 확장에 대한 능력
은 뛰어났지만 결코 어진 왕은 아니었다.

그리고 그런 타이란을 쏙 빼닮은 1황자 루온. 아이러니하게
도 황제는 그 때문에 그에게 황위를 물려주려 하지 않았다.

황위를 물려주어도 물려주지 않아도 자신이 힘을 잃으면 루온
은 당장에라도 그의 목을 베고 그 자리에 오를 자였기 때문이다.

크웰은 그렇기 때문에 올리번을 택했다.

비록. 황제의 적자는 아니지만 어진 성품을 가지고 있는 올
리번이야말로 제국을 이끌 왕이라고 생각했으니까.

그리고 자신과 같은 생각을 한 귀족들은 생각보다 많았다.

하지만 그들이 알까. 그 어진 왕의 상이라고 생각한 올리번
이 사실은 전생에 황제를 죽인 진범이라는 것을.

"네, 아버지."

"말씀하십시오."

크웰의 앞에 선 네 명의 아이는 긴장된 얼굴로 말했다.

"마르트, 너는 이번에 올리번 황자님을 모시고 함께 남부로 가
게 될 것이다. 려기사단의 소식이 끊어진 이상 그분이 움직일 수
있는 병력은 많지 않다. 무슨 일이 있어도 그분을 지키거라."

"명심하겠습니다."

그의 말에 마르트는 눈을 빛냈다.

예전에 그가 아니었다. 북부에서 돌아온 뒤 1년 전과는 눈에 띄게 달라진 그의 성장에 크웰은 놀라지 않을 수 없었다.

카릴과의 대결에서 패배 이후, 고블린 습격 사건을 해결한 덕분에 황제의 눈에 든 티렌과 란돌에 비해 그는 맥거번 가문의 장남으로서 이렇다 할 성과를 거두지 못했다.

그 때문일까.

크웰은 항상 귀족의 자제라는 허울 때문에 그가 가졌던 거만함이 걱정이었는데 1년 뒤 마르트를 다시 봤을 때 그에겐 일말의 자만심도 찾을 수가 없었다.

"티렌, 너 역시 제국의 마법사로 이번 남부 토벌에 참가하게 될 것이다. 하지만 너도 알다시피 중립을 취하고 있는 카딘 경이기 때문에 아마 너는 3황자 쪽에 편성될 가능성이 높다."

"저도 그렇게 생각합니다."

"폐하께서 직접 크로멘 황자님에게 힘을 실어주기 위해 교도 용병단을 불러들였으나 용병이란 작자들은 거칠고 사나운 인종들이다. 3황자님을 잘 보필하거라. 네게 엘리엇을 붙여주마."

크웰의 말에 티렌의 옆에 서 있던 엘리엇이 고개를 끄덕였다.

그는 마르트와 란돌에 비해 검술 실력은 떨어졌지만 튼튼한 체구에서 우러나오는 완력은 비할 바가 못 되었다.

"너희들은 여전히 미숙하다. 용병들 중에는 너희보다 강한 자들이 많다. 고든 파비안이 작정을 한다면 3황자님의 목숨도 위험하겠지."

"설마……."

크웰은 티렌을 바라보며 고개를 저었다.

"하지만 녀석은 그럴 놈은 아니다. 야만적이지만 비열한 수를 쓰는 놈은 아니니까."

티렌은 기사인 아버지가 용병인 그를 마치 오래된 전우를 대하듯 말하자 살짝 의아한 표정을 지었다.

이번 원정에서 제외된 제이크는 그저 불안한 얼굴로 자신의 형들을 바라봤다.

"그리고 내가 너희들을 부른 또 다른 이유가 있다."

크웰은 나지막한 목소리로 말했다.

"란돌이 살아 있다는 소식을 들었다. 그것도 디곤 일족에게 도움을 받고 있다고 하더구나."

그의 말에 아들들은 눈을 동그랗게 뜨며 말했다.

"……네!?"

"역시! 그 녀석이 쉽게 죽을 녀석이 아니지."

"확실한 이야기입니까?"

세 사람의 반응은 저마다 달랐지만 모두에게 있어 놀라운 일임은 분명했다.

"아마 그럴 거다. 거짓말을 할 아이는 아니니까."

"아이요……?"

눈치 빠른 마르트가 살짝 떨리는 눈빛으로 크웰을 바라봤다.

"얼마 전 카릴을 만났다."

"······!!"

"······!!"

그의 입에서 카릴의 이름이 나오자 오히려 란돌의 생사를 들었을 때보다 그들은 더욱 놀란 얼굴이었다.

"살아 있었구나······."

"형님, 그 녀석이 죽을 리가 없죠."

마르트가 낮게 중얼거리자 엘리엇은 콧방귀를 뀌며 말했다.

"아버지, 그런데 어떻게 카릴이 란돌의 생사를 알고 있단 말입니까?"

"자세한 것은 나도 모른다. 하지만 지금 그 아이는 타투르에 있다고 하더구나. 게다가 놀랍게도 폐하께서 다시 국정을 돌보시도록 도운 것이 그 아이였다."

크웰의 말에 그들은 믿을 수 없다는 표정이었다. 죽을 때까지 단 한 번도 만나기 힘든 황제를 아무 연고도 없는 카릴이 돕기까지 했다니······.

'카릴, 너란 녀석은 상상할 수 없을 정도로 앞서가 있구나.'

마르트는 자신도 모르게 입술을 깨물었다.

"이 사실을 아는 사람은 황궁에서는 나뿐이다. 카릴이 란돌에 대해서 폐하께 고했을 거라고 생각지는 않는다. 그렇기에 내가 너희들에게 부탁하고 싶은 것은······."

"남부 원정에서 란돌을 구출하라는 말씀이시군요. 올리번 황자와 달리 루온 황자께서 병력을 이끌고 남부를 공격하게 된다면 디곤도 제국인인 란돌을 가만두지 않을 테니까요."

티렌의 말에 크웰은 고개를 끄덕였다.

"맞다. 이번 일은 제국의 입장에서 너희들은 황자들의 명령을 수행하는 기사이나 맥거번 가문의 자식들로서 너희들의 형제를 구하는 임무이기도 하다."

크웰은 마르트를 바라봤다.

"마르트, 너는 만일에 루온 황자께서 먼저 디곤과 일전을 치르게 된다면 란돌을 구할 수 있도록 노력하거라."

"알겠습니다."

하지만 정말로 전투가 벌어지게 된다면 마르트 혼자서 란돌을 구할 수 있을 리가 없다는 것을 크웰은 잘 알고 있었다. 전투의 시작을 알리는 것으로 디곤은 란돌의 목을 베어버릴 테니까.

'올리번 황자님께서 먼저 남부에 도착하면 좋으련만……'

크웰은 쓴웃음을 지으며 그들을 바라봤다.

"부디 무사히 돌아오너라."

"네, 아버님."

"명심하겠습니다."

어쩌면 맥거번 가문 형제들의 첫 전투였다. 크웰은 자신의 아이들이 단 하나의 깃발 아래 모두 모여 싸우길 바랐다.

하지만 그 바람은 황제에 의해 깨지고 말았다.

아이들은 크웰에게 인사를 하고 돌아서 방을 나섰다. 단지 티렌만이 모두가 나간 방에 서 있었다.

"무슨 할 말이 있는 게냐."

"아버지께서 북부에 계시는 동안 한 가지 이상한 얘기를 들었습니다."

"그게 뭐지?"

"아조르의 마법 경연에서 한동안 열리지 않았던 익스퍼트 경연이 열렸었습니다."

"으흠."

크웰은 티렌이 어째서 뜬금없이 마법 경연 얘기를 하는 것인지 의아했다.

"익스퍼트 경연은 견습생들이 아닌 마법사의 반열에 오른 '진짜' 마법사들의 경연입니다. 그렇기 때문에 마법회에서도 암묵적으로 경연을 금하고 있었고요."

"그런데?"

"최근에 우승자가 한 명 나타났습니다. 마법회 소속이 아닌 자유 마법사였고요. 그런데 그 이름이 카릴이라고 했습니다."

"……."

순간. 크웰의 눈빛이 굳어졌다.

"그게 진짜냐."

"스승님께서 직접 확인하신 일입니다. 물론 우승자를 만난 것은 아닙니다. 회색교장이 공략되었다는 보고를 받고 가신 것이니까요."

"으흠……."

"아마 동명이인일 가능성이 크겠죠. 아시지 않습니까. 그 아이는……."

티렌은 이민족이라는 말을 하려다가 입을 다물었다.

"아조르의 영주인 파비오가 말하길 경연의 우승자는 갈색 머리에 갈색 눈동자라고 했습니다."

"그럼 아니겠구나."

크웰은 고개를 끄덕이며 말했다.

"외람되지만 아버지께서는 카릴의 얼굴을 보셨습니까."

"아니. 보지 못했다. 그 아이가 이민족이라는 걸 들키지 않기 위해 가면을 쓰고 있었으니까."

"……."

티렌은 그 말에 살짝 눈살을 찌푸렸다.

물론. 가면을 쓴 것은 자연스러운 행동이다. 타투르는 이민족도 자유로운 도시지만 제국은 그렇지 않으니까. 게다가 크웰 맥거번의 아들이라는 것을 밝혔다면 얼굴을 보일 수 없는 게 당연한 일.

'하지만…….'

티렌은 여전히 의심의 끈을 놓지 않았다.

'과연 녀석이 폐하와 독대를 하는 순간에도 가면을 쓰고 있을 수 있었을까?'

절대 불가능한 일.

그렇다면 이민족을 이단이라며 끔찍이 싫어하는 황제에게 카릴이 살아남은 것도 모자라 그의 편에 설 수 있었던 이유는 무엇일까.

'알아봐야겠어.'

쫘악-

그는 이번 남부 여정에서 또 다른 목표가 하나 더 자신에게 주어진 것임을 직감했다.

"아버지."

티렌은 방을 나서기 전 다시 한번 그를 불렀다.

하지만 고개를 돌리지는 않았다.

"저희들은 각기 다른 황자의 군세에 들어가게 되었지 않습니까."

"그렇지."

문고리를 잡고서 차분한 어조로 티렌은 크웰에게 물었다.

"아버지께서는 이번 원정에서 세 황자 모두가 무사히 돌아올 수 있을 거라 생각하십니까."

그의 물음에 크웰은 대답을 하지 못했다.

서로 다른 황자라는 말은 어쩌면 가족에게 검을 겨눠야 할 상황이 올지도 모른다는 뜻이기도 했으니까.

"후우……."

두샬라는 끊임없이 날아오는 전서구들을 풀어 확인하면서 말했다.

"제국의 움직임이 있습니다. 예상대로 황제는 마스터와의 거래를 이행할 생각이 없다고 봅니다. 군사를 출병할 준비를 한다네요."

비올라가 다녀간 뒤 얼마 지나지 않아 갑자기 물밀 듯이 쏟아지는 전서구들에 그녀는 정신이 없을 지경이었다.

카릴은 그런 그녀를 보며 말했다.

"이 정도로 힘들어하면 안 돼. 내가 말했던 보이지 않는 제국이 바로 이런 것이니까. 앉아서도 대륙의 모든 일을 눈으로 보듯 알 수 있는 힘."

"으…… 그러시면 좀 도와주시던지요. 혼자서 하기엔 벅차다고요."

"곧 널 서포트해 줄 단체도 만들어질 테니까. 벌써 준비하고 있으니 조금만 더 기다려 줘."

카릴은 피식 웃으며 이제 에이단과 함께 동방국과도 접촉을 해야 할 시기가 왔다고 생각했다.

'이왕 만들 거라면 확실하게. 그리고 보니 요즘 주크의 움직임이 뜸하던데…… 제국으로 돌아간 것일까.'

카릴은 그녀가 당장에 중요한 인물은 아니었기에 흘리듯이 두샬라에게 말했다.

"군사를 일으켰다면 목적지는 남부일 가능성이 높겠군. 혹시 지휘관도 알아냈어?"

"네. 금기사단의 부단장인 아지프라고 합니다."

그녀의 보고에 카릴은 살짝 고개를 갸웃거렸다.

'금기사단이라면 황실 친위대인데……. 아무리 황제에게 등을 돌렸다고 한들 그가 지휘관으로 임명되긴 어려울 텐데.'

"아, 여기 다른 보고가 있습니다. 그런데…… 이거 진짜일까요?"

"무슨 말이야?"

두샬라는 다른 전서구의 쪽지를 펼쳐 보더니 인상을 찡그리며 말했다.

"이번 원정이 세 명의 황자가 모두 출병한다는데요? 제국에서 준비되는 군사는 루온 황자가 소집하는 것이랍니다."

"세 황자 모두?"

"네. 2황자는…… 따로 병력을 일으키는 것 같진 않아서 알 수 없습니다. 그런데 이상한 건 3황자입니다. 3황자가 교도 용병단의 비공정에 탑승하는 걸 제국 경계에 있는 마을에 심어 놓은 사람이 확인했다고 합니다."

'고든 파비안이 3황자를 지지한다……?'

뭔가 이상했다.

전생에서도 교도 용병단은 제국의 황권 쟁탈과는 무관했다. 황궁에 영향력이 있는 고든 파비안이었지만 황자들의 진흙탕 싸움에까지 직접 관여를 하진 않았단 뜻이었다.

'크로멘이 고든 파비안과 접점이 있을 리는 없고. 굳이 따지자면…… 그는 아직 황제의 편이다.'

순간. 카릴의 뇌리에 번뜩이는 생각이 있었다.

'황제가 크로멘에게 힘을 실어주려는 건가?'

확실히 타이란 슈테안은 세 명의 황자 중에 셋째인 크로멘을 가장 아꼈다. 하지만 그저 세 명 중에 아꼈다는 것이지 크로멘에게 황위를 물려주고 싶을 만큼 애정이 있었다는 것은 아니었다.

카릴은 불현듯 그 반대의 경우를 생각했다.

'아니면 황제는 용병단을 통해서 3황자까지도 제거하려는 생각인가?'

가능성이 없는 일은 아니었다. 아니, 오히려 힘을 실어준다는 것보다 그쪽이 더 맞을지도 모른다.

타이란 슈테안. 그는 권력 앞에선 누구보다 잔인해질 수 있는 사람이기 때문이었다.

'부질없는 욕심……. 죽으면 모두 끝인 것을.'

카릴은 쓴웃음을 지었다.

그토록 부여잡으려고 했던 그 욕망도 고작 몇 년 뒤엔 불바다가 될 뿐이었으니까. 차라리 그 모습을 보지 못하고 독에 중독되어 죽었던 전생의 미래가 더 나았을지도 모른다.

"그런데 이거…… 대단한데요. 2년 동안 무법항을 통해 왔던 사람들을 데리고 수안과 캄마가 제국 이곳저곳에 뿌리를 내려놨더니……. 마스터의 말처럼 제국이 뭘 하는지 훤히 보이네요."

두샬라는 불평을 하면서도 즐거운 얼굴로 말했다.

대군을 움직이기 위해서는 많은 것들이 필요했다. 보급품을 비롯한 식량, 막사, 땔감 등등…….

아무리 극비로 움직인다 하더라도 물자는 움직이게 마련. 물자의 양으로도 충분히 적의 숫자를 파악할 수 있었다.

"이 정도의 물자를 준비하는 걸 봐서는 남부로 통하는 가도로 이동할 병력의 양이 아닙니다. 무조건 삼국을 통해서 가야 하겠죠. 병력은 최소 5만에서 최대 10만까지. 루온 황자가 제대로 남부와 붙어볼 요량인 것 같은데요?"

"녀석의 병력이 어느 방향으로 내려올 것 같지?"

두샬라는 황자를 녀석이라고 아무렇지 않게 말하는 카릴의 모습에 살짝 눈썹을 올리며 대답했다.

"아마도 이 정도 대군이면 하론 대로를 이용할 가능성이 높습니다. 그쪽이 그나마 포나인의 강물이 약해서 건너기도 수월하고요. 그렇게 되면…… 이스탄 왕국과 트바넬 왕국 사이에 있는 국경 지대를 통과하게 될 겁니다."

"예상 시간은?"

"루온 황자의 출병 소식이 보고 받아야 확실하겠지만……. 아마 2달 정도면 되지 않을까요?"

카릴은 두샬라가 가리킨 곳을 바라보며 생각했다.

"석 달로 맞춰. 녀석들이 이곳에 도착하게 되는 시간을 말이야."

"네?"

"올리번은 그렇다 쳐도 교도 용병단의 비공정은 삼국과 상관없이 국경을 넘을 수 있어. 시간이 걸리면 걸릴수록 루온 녀석의 똥줄이 타게 되겠지. 그의 성격이라면 자신을 가로막는 것들은 힘으로라도 돌파하려고 할 거야."

지도 위에 그가 가리킨 곳에는 이스탄 왕국과 트바넬 왕국의 국경 수비성이 있었다.

"설마……. 아무리 그래도 루온 황자가 삼국과 붙기라도 하겠어요? 아니지. 삼국이 설마 루온 황자를 거스를까요?"

"그건 모르는 일이지. 지금 삼국은 제국에게 켕기는 게 많거든. 쉽사리 성문을 열어줄 수 없을걸. 게다가 소규모도 아니 왕국의 전력과 맞먹는 병력이잖아."

카릴은 낮게 웃었다.

"일단 제국군이 움직이는 루트를 정확하게 파악하는 것이 중요해. 수안이 돌아왔다고 했지? 무법항에 가서 내 말을 전해. 그에게 포나인을 건널 배와 뱃사공을 준비하라고 해. 그리고 너는 즉시 대로의 길을 바꿔 루온이 하론 대로를 통과하는데 시간이 걸리도록 만들어."

"네? 대로를요?"

"그래. 그리고 창고에 보관되어 있는 적명석와 요람석을 모두 가져가. 필요한 이유는 네가 더 잘 알 테니 설명할 필요 없겠지."

두샬라는 고개를 끄덕이면서도 궁금증이 아직 풀리지 않았다는 표정으로 말했다.

　"그런데 번거롭게 대로를 바꾸면서까지 시간을 늦춰야 하는 이유가 있나요? 그냥 제가 삼국에 말을 해보는 게……."

　"안 돼. 그렇게 되면 우리가 그들보다 먼저 제국의 움직임을 알 수 있다는 걸 밝히는 꼴이 되잖아."

　"아……."

　그녀는 아차 싶은 마음에 입을 다물었다.

　'게다가 마지막 마굴이 바로 그 국경 지대에서 생성되니까. 무슨 일이 있어도 녀석이 그곳에 있어야 한다.'

　루온 황자의 병력과 삼국의 병력이 대치한 상황에서 몬스터가 나타난다면?

　그 혼란 속에서 카릴은 노리는 것이 있었다.

　'두 나라의 경계에 있기 때문에 다른 국경 지대보다 월등하게 많은 사람이 살고 있다.'

　단순한 마을이 아니다. 국경 지대에 있는 크고 작은 두 왕국의 사람들을 합치면 그 숫자만으로 가히 천 명이 훌쩍 넘는다.

　'과연 이스탄과 트바넬이 눈앞의 대군을 두고 백성을 구하기 위해 성문을 열까?'

　그 정도의 생각이 있었다면 속성석을 그런 식으로 무분별하게 사지도 않았겠지.

　사람의 입에서 입으로 전해지는 풍문은 그저 숫자로 단정

지을 수 있는 것이 아니다. 천 명이 단순히 천 명이 아니란 말이다.

'그들을 보란 듯이 제국과 삼국의 앞에서 내가 구한다면…….'

자신들을 버린 조국과 자신들을 침공한 제국.

평가는 눈에 보이듯 뻔했다.

'타이란 슈테안. 당신이 나와의 거래를 무시하고 황자들까지 처리하려고 머리를 썼겠지만, 이것이야말로 당신에겐 최악의 수가 될 것이다.'

이미 그의 손바닥 안에 제국의 움직임이 훤히 드러나 있었으니까.

"토벌대는?"

"준비되있습니다. 베이칸과 키누 무카리의 병력이 이미 집결되어 있습니다."

카릴은 고개를 끄덕이며 자리에서 일어섰다.

'세 황자라……. 그리운 얼굴들이야. 이번 기회에 마물이 아니라 너희들까지 토벌할 수 있을지도 모르겠군.'

그의 눈빛이 번뜩였다.

"출발한다."

베이칸과 키누 무카리는 자신의 부족 정예병 각 500명씩 이끌고 남부 경계에 있는 만유숲에서 대기하고 있었다.

A급 마물로 평가되는 쌍두수리나 S급 마물인 구룽의 주인을 공략할 때 고작 5명도 안 되는 수로 성공했다는 것을 생각하면 마굴 토벌을 위한 1천 명의 병력은 차고 넘치는 일이었다.

실제로도 베이칸과 키누 무카리 역시 대초원에 생성된 마굴을 공략할 때 50명 이상으로 토벌대를 꾸린 적이 없었다.

카릴의 명령으로 두 사람은 자신의 정예병을 모두 소집했다.

마치. 전쟁이라도 벌이려는 것이 아닌가 하는 생각이 들었다. 게다가 가죽 갑옷으로 무장한 그들은 이제 야만족 특유의 냄새가 사라져 마치 정규군 같은 느낌이 들었다.

"제법 눈빛들이 괜찮군."

카릴은 병사들을 바라보며 두 사람에게 말했다.

"네. 대초원의 4대 부족 중에서 정예들만 추슬러서 뽑은 병사들입니다. 그리고 모두 청린과 강철을 섞어 만든 무기를 갖추고 있습니다."

베이칸의 말대로 1천 명의 병사들은 푸른빛을 띠는 검을 허리에 차고 있었다.

"게다가 대초원의 마굴들을 소탕하면서 경험을 쌓았습니다. 적어도 몬스터들을 사냥하는 것에 있어서는 제국의 기사들보다 더 나을 겁니다."

"좋아. 5대 부족은?"

"현재 남부 경계에 있는 베스탈 후작을 주시하고 있습니다.

마스터의 말씀대로 후작령에 있는 기사단과 병력이 모이고 있었습니다."

키누의 보고에 카릴은 고개를 끄덕였다.

"베스탈뿐만 아니라 타샤이 부족에게도 교도 용병단이 남부의 국경을 넘는지를 확인하라고 해. 그리고 디곤 역시. 아마교도 용병단이 디곤과 접촉할 거야."

"알겠습니다."

"우리는 이곳의 마굴을 토벌하고 난 뒤에 수안의 보고에 따라 이스탄과 트바넬의 경계에 있는 마을을 향해 이동한다. 그길에서 확인되는 마굴까지 모두 토벌할 것이다."

"넵."

"알겠습니다."

"시간이 많지 않다. 세 개의 마굴 공략을 한 달 안에 끝내야한다."

카릴은 눈앞의 거대한 마굴을 바라보며 생각했다.

'지금 이 마굴들이 그저 전초전에 불과하지는 않으니까. 백성들에게 타투르의 존재를 각인시키기 위해서는 '남부의 재앙'이라고 불렸던 미노타우르스의 마굴이 생성되는 시점에 루온네 녀석이 있어야 하거든.'

극적인 효과가 더해질수록 대륙에 그의 이름은 널리 퍼질 것이다.

'삼국은 마굴에 대한 대비가 되지 않았다. 애초에 대부분의

마굴은 남부에 있었으니까.'

대륙 중앙에 마굴이 생성되는 것은 극히 드문 일이었지만 절대로 일어나지 않는 일은 아니다. 게다가 3번의 마굴 생성 이후 마지막으로 나타난 마굴이 무려 S급 마굴이었으니까.

전생에서 삼국은 마광산을 두고 서로 싸우다 국력이 약해진 상황에서 마굴에서 쏟아지는 몬스터를 끝내 막지 못했었다. 몇 개월에 걸쳐 간신히 마굴을 정리했지만 이미 그때는 올리번이 황위에 즉위한 뒤였다.

제국의 공세를 당연히 막지 못한 삼국은 그대로 올리번에게 패하게 된다.

'전생과 달리 지금은 속성석을 대량 구입한 이스탄과 트바넬이라면 마굴에서 쏟아지는 몬스터를 막을 가능성도 있다.'

하지만 운명의 장난일까?

마굴을 안전하게 막을 수 있는 현생에는 아이러니하게도 루온 황자라는 걸림돌이 나타났다. 그것도 마굴보다 더 골치 아픈 적으로 말이다.

마치.

'전생이든 현생이든 삼국은 결국 멸망하게 된다는 말일까.'

일어나는 사건은 꼭 전생의 결과와 비슷하게 역사가 흐르도록 맞춰지는 것 같았다.

"……."

카릴은 잠시 하늘을 바라봤다.

율라의 신탁이 내려지고 난 뒤 나타난 세계 탑 파렐. 타락이라는 몬스터를 쏟아낸 끔찍한 그곳의 층계를 거슬러 올라 자신은 과거로 돌아왔다.

어쩌면…… 전지전능한 신이라면 자신의 회귀도 알고 있는 것을 아닐까.

'알아도 상관없다. 율라, 네가 전생과 같은 미래를 만들려고 힘쓴다 할지라도 나는 애초에 네가 만들 미래를 깨기 위해 돌아온 것이니까.'

카릴은 두 사람을 바라봤다.

자신이 일궈낸 남부의 병력만큼은 신이라 할지라도 절대로 어찌하지 못할 것이니까.

"그동안의 성과가 어떤지 한번 확인해 볼까?"

"기대하셔도 좋습니다."

그들은 기다렸다는 듯 입을 모아 대답했다.

그때였다.

저 멀리서 보이는 한 무리의 병사들이 카릴의 시야에 들어왔다. 번쩍이는 갑옷을 입고 매서운 눈빛으로 선두에서 말을 몰며 다가오는 사람은 다름 아닌 비올라였다.

"흐음."

카릴은 보랏빛 드레스 위에 가슴과 허리에 덧댄 실용성이라곤 보기 힘든 갑옷을 입고 있는 그녀를 보며 피식 웃었다.

한 번도 사용한 적이 없는 것 같았지만, 그녀의 눈빛만큼은 나름 진지해 보였다.

"무슨 일로 여기까지 오셨습니까, 왕녀님."

그녀의 뒤에는 예의 그레이스가 함께하고 있었다. 깃발까지 세우진 않았지만 두 사람의 뒤에 있는 기사들의 망토에 그려진 문양은 판피넬가(家)의 것이었다. 50명 정도는 되어 보였다.

'아마도 자신의 전력이라고 할 수 있는 자들을 모두 데리고 온 거겠지.'

그레이스의 기사들을 보며 카릴은 단번에 판피넬 가문의 전력을 파악할 수 있었다.

비록 수는 적었지만 잘 훈련된 기사들이었다.

"우리도 함께 가겠다."

비올라는 카릴을 향해 당당히 말했다.

타투르에서의 만남 이후. 왕궁 안에서 혼자 고군분투하고 있을 거라고 생각했는데 오히려 그녀는 왕궁이 아닌 전선에 직접 나섰다.

카릴은 생각지 못한 그녀의 등장이 의외라는 듯 흥미롭게 바라봤다.

"이곳은 펜리아 왕국의 국경 지대. 우리 영지에 일어난 문제이니 당연히 우리가 나서야 한다. 버젓이 1천 명이나 되는 병력이 집결한 상황에서 가만히 지켜보고 있을 것이라고 생각했나?"

"정확히는 중립 지역이지요. 만유숲에서 조금 더 안쪽으로 가야 왕국의 국경 지대이지 않습니까?"

카릴은 그녀의 말에 낮게 웃었다.

"게다가 이미 왕궁에 허가도 받아놓은 일입니다. 그래서 폐하께서는 마굴에는 관심이 없으신가 하고 생각했는데 말입니다. 제게 일임한 것을 봐서는 말이죠."

"흥, 그럴 리가 없지 않으냐."

비올라는 얼굴을 붉혔다. 말을 그렇게 했지만 사실 그녀의 아버지인 로그른트 왕은 오히려 카릴이 마굴 토벌을 지원했을 때 두 팔을 들고 환영했다. 그저 손 안 대고 코를 푸는 격이라고 생각했으니까.

근시안적으로 본다면 충분히 그렇게 생각할 수 있었다.

하지만 세상에 공짜란 없는 법.

카릴이 계획하고 있는 것들을 그가 알 리가 없었다.

"하긴 만유숲은 중립지대지만 펜리아 왕국의 백성이 많이 살고 있으니까요. 역시 제가 보는 눈은 있나 보네요."

카릴은 그녀의 복장과 자세만 봐도 그녀가 마굴 토벌은커녕 검을 들어 본 적도 없다는 것을 알 수 있었다.

두려울 것이다. 그럼에도 불구하고 위험을 무릅쓰고 자신을 찾아왔다는 것.

"비록 소수이긴 하지만 왕녀님께서 합류하신다면 백성들에 대한 펜리아 왕궁의 면도 세울 수 있는 일이니까요. 안 그렇습니까?"

"네놈 뜻대로 되게 하진 않겠다."

카릴은 어쩐지 기특하다는 표정으로 그녀를 바라봤다.

"그런데 어쩌죠? 왕녀님의 말씀대로 1천 명의 병력이 집결된 곳에서 고작 50명으로 무엇을 하실 수 있단 말입니까. 제가 했던 말을 기억하실 텐데요."

그는 비올라를 놀리듯 말했다.

"이참에 포로라도 되려고 제 발로 걸어오신 겁니까."

"뭐, 뭐라고?"

차앙--!! 창! 창!!

그 순간. 카릴의 눈빛만으로도 의도를 알아차린 듯 베이칸과 키누가 손을 들자 1천 명의 병사가 일제히 그녀를 향해 검을 겨누었다.

검날의 소리가 만유숲 안에 메아리쳤다.

"……네, 네놈!"

식은땀이 주르륵 흘러내리는 기분.

하지만 카릴은 그런 그녀를 바라보며 가볍게 웃었다. 그가 손을 들어 올리자 조금 전 검을 겨누었던 병사들이 일제히 한 발자국 물러섰다.

"농담입니다. 말씀드렸다시피 펜리아 왕국은 가장 나중에 칠 거니까요. 물론, 그 사이에 왕녀님께서 왕위에 오르실 수 있다면 말입니다."

"미친……."

'아바마마께서는 이런 작자라는 것을 과연 알까…….'

당장에 자신의 왕국을 집어삼킬 적을 눈앞에 두고 아무것도 하지 못하는 통탄할 상황임에도 불구하고 카릴의 모습을 볼 때마다 비올라는 묘한 기분이 들었다.

카릴은 항상 아무렇지 않게 자신이 왕위에 오를 것에 대해 의심을 하지 않는 모습이었으니까.

'정말…… 내가 왕위에 오를 수 있다고 생각해서 저자는 저렇게 말하는 걸까.'

카릴은 그녀를 지나치며 말했다.

"잘 봐두시기 바랍니다. 지금부터 저희는 3개의 마굴을 토벌할 겁니다. 그리고 그건 단순한 연습에 불과합니다."

"연습……?"

"솔직히 예상하지 못한 일이긴 한데……. 이건 또 나름의 기회라고 생각이 드네요. 저희들의 최종 목적지에 왕녀님의 기사단이 함께한다면 꽤 좋은 효과를 볼 수 있을 것 같다는 생각이 드네요."

비올라는 카릴의 꿍꿍이가 무엇인지 예상이 가지 않아 살며시 인상을 찡그렸다.

'최종 목적지라니……. 도대체 저 사람은 머릿속에 몇 가지 생각을 하고 있는 걸까. 도무지 끝을 알 수가 없구나.'

그녀는 마음 한편에서 그런 카릴이 존경스럽다는 생각마저 들자 스스로 화들짝 놀랐다.

자신의 왕국을 침공하려는 적에게 그런 감정을 품는 것 자체가 말이 안 되는 일이었으니까.

'나도 미쳤어……. 무슨 그런 생각을.'

오히려 너무 대놓고 그런 말을 하니 현실감이 없게 느껴지는 것일지도 모른다.

화끈거리는 뺨을 손등으로 식히면서 그녀는 카릴을 바라봤다.

"만유숲에서 1㎞ 떨어진 곳에 마굴이 확인되었습니다. 척후병에 의하면 리자드맨의 부락이라고 합니다."

베이칸의 보고에 카릴은 천천히 고개를 끄덕였다.

"어렵지 않은 몬스터다. 하지만 주의를 해서 나쁠 건 없지. 마굴 안의 몬스터는 기본적으로 필드에 있는 마물보다 능력이 뛰어나니까."

"명심하겠습니다."

"왕녀님께서는 저희들이 사냥하는 방법을 눈여겨보시기 바랍니다. 적의 전력을 확인하는 좋은 방법이 될 테니까요."

마치 알아도 막을 수 없다는 듯한 자신만만한 태도에 비올라는 고개를 돌렸다.

"가자."

그런 그녀의 생각을 아는지 모르는지 그저 재밌다는 듯 카릴은 웃으며 말을 몰았다.

베이칸과 키누의 부대는 능숙하게 마굴 앞에 도착하자 카릴의 명령이 없어도 알아서 진형을 펼쳤다.

 일일이 지시를 하지 않아도 이미 역할이 딱딱 분담되어 있어 일사불란하게 움직이는 그들의 모습에 비올라를 비롯해 펜리아 왕국의 기사들은 놀란 표정을 지었다.

 '일개 병사 하나하나까지 맡은 바를 확실히 알고서 움직이고 있다.'

 '어떻게 훈련을 해야 이 정도가 되는 걸까……'

 물론. 그들이 지금 이곳에 모인 1천 명의 병사가 남부 부족의 정예병이라는 것을 알지는 못할 것이다.

 게다가 일반적인 왕국과는 달리 야만족들의 특성상 일족의 리더의 명령은 절대적인 것이다. 그들은 단순히 돈을 벌기 위해 징병이 된 일개 병사가 아니라 부족의 사명을 받아 뽑혔다고 생각하는 자들이었으니까.

 '흐음……. 괜찮군.'

 카릴은 막사가 준비되는 것을 지켜보며 마굴의 입구로 시선을 돌렸다.

 '어차피 기억에 남아 있는 마굴은 아니야. 금방 토벌을 할 수 있겠지만 한 번쯤은 이런 모습을 비올라에게 보여주는 것도 좋겠지.'

 그의 예상대로라면 마굴을 토벌하는 것은 하루도 채 되지 않아 끝날 것이다.

 한마디로 말해서 지금 이 모습은 본보기. 그녀와 자신의 차이를 보여주기 위함일 뿐이다.

"타투르의 자유군은 토벌에 익숙한가 보군."

그리고 그의 계획이 먹힌 듯. 비올라는 병사들이 짓고 있는 막사를 보며 카릴에게 말했다.

"자유군이라……. 그 단어 꽤 마음에 드는데요?"

그러자 카릴은 눈을 동그랗게 뜨면서 그녀에게 대답했다.

"……에?"

"사실 딱히 부대에 명칭이 없었는데 제가 왕녀님이 지어주신 이름을 써도 되겠습니까?"

아무런 생각 없이 내뱉은 자신의 말에 의외에 답이 돌아오자 그녀는 다시 한번 얼굴이 붉어졌다.

"아니, 그렇게 쉽게 부대 이름을 짓는 건……. 조금 더 신중하게……."

"어때? 두 사람은?"

당황해하는 그녀를 상관하지 않고 카릴은 뒤를 바라보며 물었다.

"자유군이라……. 애초에 타투르가 종족이나 계급을 떠나 모든 대륙인이 살 수 있는 곳이지 않습니까. 멋진 이름입니다."

"비록 저희들은 도시에 살지는 않으나 그 안에 저희들도 포함되는 느낌도 들고 좋은 것 같습니다."

두 사람은 카릴의 말에 동의했다.

"좋아."

카릴은 만족스러운 듯 고개를 끄덕이고는 천천히 걸음을 옮겼다. 마굴의 입구 근처에는 이미 굴 안에 몬스터가 포화 상태인지 몇 마리의 리자드맨이 밖으로 나와 있었다.

우ㅡ우웅……!!

얼음 발톱에 두른 오러가 번뜩이는 순간. 카릴은 단숨에 거리를 좁혀 리자드맨의 사이로 뛰어들었다.

[크라락……!!]

리자드맨이 창을 들어 카릴을 향해 내질렀다. 하지만 앞으로 내지른 창극이 갑자기 중심을 잃고 위로 번쩍 솟았다.

콰앙!!

리자드맨의 몸이 휘청이면서 그대로 두 발이 공중으로 떠오르면서 머리가 바닥에 박혔다.

카릴은 몸을 일으키며 말했다.

"내가 바라는 건 간단하다. 마굴의 몬스터를 단 한 마리도 남기지 않는 것."

[키릭…… 크리릭…….]

지그시 리자드맨의 얼굴을 발로 찍어 누르자 녀석은 괴로운 듯 바동거렸다.

콰직-!!

카릴은 한 치의 망설임 없이 몬스터의 목을 베고 그대로 녀석의 머리를 밟아 터뜨려 버렸다.

"또한, 토벌이 끝나면 마굴의 입구를 봉쇄하여 다시는 이곳을 사용하지 못하도록 만들어야 한다."

"넵!"

"명심하겠습니다."

그의 말에 베이칸과 키누가 고개를 끄덕이며 대답했다. 이미 몇 번이나 해왔던 임무였다.

남부 대초원에 있는 마굴들을 토벌할 때에 그곳의 입구를 모두 봉인한 상태였다.

카릴은 나중에 신탁이 내려지고 타락들이 그곳을 통로로 쓰지 못하게 할 계획이었다.

"자유군."

그의 말에 병사들이 일제히 검을 뽑았다. 몬스터의 앞에 선 그들은 두려움보다 오히려 빨리 카릴의 명령이 떨어지길 기다리는 모습이었다.

그런 그들의 모습에 카릴은 굳이 자신이 나설 필요가 없다는 걸 직감했다. 대신 그는 비올라를 한 번 바라보고는 보란 듯이 말했다.

"보여줘라."

부웅-!! 스아앙- 파앗-!!

차가운 밤공기를 가르는 검풍의 소리가 모두가 잠든 새벽에 울려 퍼졌다.

"후웁……."

검을 쥔 손을 비롯해 온몸이 비가 오는 것처럼 땀에 젖어 있었다. 어깨 위로 아지랑이처럼 새하얀 김이 피어오르고 있었는데 단순한 열기가 아니라 마치 몸 안에 뜨거운 불꽃을 머금고 있는 것 같은 모습이었다.

"이제 좀 움직일 만한가 보지?"

그 모습을 지켜보고 있던 목소리가 어둠 속에서 들렸다.

"……."

란돌은 해방된 불꽃을 바닥에 꽂으면서 밀리아나를 바라봤다.

그가 그녀에게 구해진 지 열흘.

보통 사람들이라면 아직 침대에 누워 있어도 모자랄 판인데 그는 이미 검을 휘두르고 있었다.

'대단하군. 신체 능력도 그렇지만 풍기는 마나부터 질적으로 달라. 제국의 기사 중에서도 이 정도로 밀도 높은 마력을 응축시킬 수 있는 자는 드물 텐데.'

밀리아나는 내색하지는 않았지만, 마음속으로는 란돌을 보며 감탄을 금치 못했다.

'크웰 맥거번의 양자라고 했던가? 역시……. 소드 마스터의 눈은 틀리지 않나 보군. 피도 섞이지 않았는데 이 정도의 실력이라니.'

청린으로 만들어진 무구는 일반적인 마법이 걸린 것들보다 훨씬 성능이 뛰어난 것은 당연한 얘기지만 그만큼 다루기 어렵기도 했다.

게다가 해방된 불꽃은 황궁의 보고에 있던 무구. 그동안 주인이 없던 이유는 그만큼 다루기 까다로운 검이었기 때문이다.

밀리아나는 란돌의 땀을 모두 증발시키기라도 하려는 것처럼 맹렬하게 타오르기 시작하는 검의 불꽃을 보며 눈빛을 반짝였다.

야만족인 그녀가 어떻게 마력을 느낄 수 있는 것일까?

그건 디곤이 남부의 패자가 될 수 있었던 이유와도 일맥상통하는 일이다. 북부의 이민족과 남부의 야만족들은 마력을 쓸 수 없지만 디곤만큼은 그들과 달랐다.

화르륵-!!

밀리아나가 다가가자 해방된 불꽃의 화염이 마치 그녀에게 반응하는 듯 더욱 거세졌다.

"……!!"

그 모습에 란돌은 살짝 놀란 듯 그녀를 바라봤다.

"좋은 검이야. 고른 주인도 어울리고. 훌륭한 재목과 그에 맞는 무구까지 갖춰져 있으니 성장시킬 맛이 나겠는걸."

그녀는 란돌을 향해 말했다.

하지만 지금까지 제국의 그 어떤 기사도 모두 거절했던 이 검이 남부의 야만족에게 반응한다는 사실은 그에게 충격적이었다.

이유는 간단하다. 디곤은 과거 드래곤과 인간 사이에서 태어난 하프 드래곤의 일족이었기 때문이다.

어쩌면 이들이야말로 대륙에서 유일하게 일족 자체가 용마력을 가진 인간 일지 모른다. 비록 대를 거듭하면서 그 피가 옅어지긴 했지만 일족의 수장인 밀리아나의 마력에는 용의 힘이 남아 있었다.

전생에 그녀는 얼음 발톱의 주인이었으니 같은 청린으로 만든 해방된 불꽃이 반응을 하는 것은 당연한 일이었다.

"저……. 그런데 저를 여기에 데리고 온 사람에 대해서 알 수 있을까요?"

"글쎄. 나도 정확한 것은 몰라. 얼굴을 가면으로 가리고 있었거든. 단지 내가 제국과 손을 잡은 것에 대해서 알고 있더군."

"네?"

"정확히 말하자면 불가침조약 같은 것이었지만……. 너희들 덕분에 이쪽의 입장도 곤란하게 되었지. 서로 영역을 침범하지 않기로 해놓곤 뒤에서 나락 바위로 기사단을 빼돌려?"

순간. 그녀에게서 흘러나오는 기세에 란돌은 자신도 모르게 닭살이 돋는 느낌이었다.

"그런데 우습게도 널 데려온 자가 오히려 그걸로 날 협박하더군. 남부의 맹약을 깨고 제국과 손을 잡았으니 끝까지 그 약속을 이행하라면서 널 돌봐주라더군. 우습지 않아?"

남부의 패자에게 당돌하다 못해 목숨을 내놓아도 모자랄

건방진 말이었다.

"사실 나는 너희 제국인들의 목을 쳐도 모자란 상황인데 말이야."

"……죄송합니다."

란돌은 그녀에게 뭐라고 해야 할지 몰라 고개를 숙였다.

"뭐, 일개 기사인 네가 무슨 잘못이 있겠느냐마는……. 게다가 널 봤을 때 솔직히 네 재능에는 나도 흥미가 생겼거든."

밀리아나는 쪽지 하나를 그에게 건넸다.

"제국에서 이번 일로 인해 황자들을 출병시켰다고 한다. 2황자가 곧장 이쪽으로 오겠다는 전갈을 내게 보냈다."

"황자님께서……."

"동맹을 빙자해서 앙큼한 짓을 하긴 했지만 2황자의 얘기를 들어볼 가치는 있지. 적어도 두 달 이상은 걸릴 거야. 황자를 만나게 된 다음에는 떠나든 떠나지 않든 네가 결정해라. 다만 넌 그때까지 내 검술을 익히도록 해."

그녀의 제안은 의외였다.

"……디곤의 검술을 말입니까?"

야만족도 아닌 생면부지의 자신에게 선뜻 그녀가 자신의 검술을 가르쳐 주겠다는 것은 지금 생각해도 의아한 일이었다.

깨어났을 때의 제안도 그랬다.

어째서 그녀는 아무런 조건도 없이 자신을 도와주겠다고 하는 것일까.

그의 눈빛에 담긴 의문을 읽은 듯 밀리아나는 가볍게 어깨를 으쓱하면서 대답했다.

"5대 일가와 얽힌 문제도 있고 너 하나로 몇 가지 마찰이 해결된다면 좋은 일이지. 게다가 그자가 내게 제안한 것도 있고 말이야."

란돌은 얼굴도, 이름도 알지 못하는 조력자가 과연 그녀에게 어떤 제안을 했을지 궁금했다.

"뭐……. 이 일이 해결되고 나면 내게 건방지게 굴었던 녀석도 그에 상응하는 대가를 치러야겠지만."

그녀는 피식 웃었다.

란돌은 잠깐이지만 어쩐지 그 웃음에서 살기가 느껴지는 것 같은 기분이 들었다.

"그건 그렇고. 그자가 네가 몸을 추스르게 되면 전해주라고 남긴 말이 있었어. 검을 쓰는 걸 보니 이제 해도 되겠어."

"그게 뭐죠?"

"네가 제국인이라는 허울을 벗을 용기가 있다면 디곤의 검술을 익혀라. 그리고 검술을 모두 익혔다 하더라도 절대 제국으로 돌아가지 마라. 복수를 원한다면 나를 찾아라. 나는 타투르에 있다."

"타투르……."

란돌은 그녀의 말에 살짝 얼굴이 굳어졌다.

"그자의 정체는 모르지만 제국에 자신이 알려지는 것을 꺼리는 것 같네요. 제가 제국으로 돌아가는 것을 막으려고 하는 거 보니."

"글쎄. 내 생각엔 조금 다르게 들리는데."

"그게 무슨 말씀이십니까?"

"애초에 자신의 정체를 감추고자 했다면 디곤 일족을 협박할 정도로 위험을 무릅쓰고 널 살렸을까? 그냥 그 자리에서 죽도록 놔둬도 상관없는데."

"그럼……."

"네가 제국으로 돌아가지 않기를 바라는 건 맞겠지. 하지만 그게 자신의 정체를 숨기려고 하는 것은 아닌 것 같다는 말이야. 오히려 그 반대라면 모를까."

란돌이 그녀를 바라봤다.

"제국과 얽힌 문제는 그자가 아니라 네게 이유가 있는 것일지도 모르지."

여전히 이해가 안 된다는 표정을 지었다.

"그토록 신뢰하는 나라가 사실은 썩 믿음직스러운 게 아닐지도 모르는 일이니까."

그녀는 의미심장한 목소리로 말했다.

"방패병 1열!"

백인장의 외침에 첫 줄에 서 있는 두꺼운 비늘로 만든 가죽 방패를 든 병사들이 자세를 잡았다.

특이하게도 방패엔 날카로운 돌기가 돋아 있었는데 파룰이라는 남부에만 서식하는 도마뱀을 닮은 마물의 가죽을 특수한 방법으로 세공해서 만든 것이었다.

언뜻 보면 원시적으로 보이지만 실제로는 가볍고 웬만한 강철보다도 단단했다.

"창병!!"

베이칸의 외침에 그 뒤에 서 있던 창을 든 병사들이 방패병 사이로 있는 힘껏 리자드맨을 향해 창을 찔러 넣었다.

[크륵……!! 크르르륵……!!]

전방에는 수십 마리의 리자드맨이 있었지만 날카롭게 자신들을 향한 수백의 창 앞에서는 자신 있게 달려들지 못했다.

"진격!!"

반대로 방패병과 창병들이 몬스터들을 향해 밀어붙이듯 돌진했다.

콰득!! 콰가가각……!!

방패 사이사이로 솟아 있는 창날이 리자드맨의 전신을 꿰뚫었다. 청린이 섞인 날은 마치 종이를 자르는 것처럼 소리도 없이 날카롭게 몬스터들을 도륙했다.

[카악!! 카아악!!]

리자드맨들이 고통에 찬 비명을 질렀다. 하지만 그 비명이

커질수록 토벌대의 공격은 더욱 거세졌다.

그중에서도 단연 돋보이는 것은 베이칸이었다. 양손에 쥐고 있는 두 자루의 도끼가 마굴 안에서 번뜩일 때마다 몬스터의 신체가 산산조각이 났다.

"흐아압!!"

그가 엑스 자로 도끼를 휘두르자 리자드맨의 두 팔이 바닥에 떨어졌다. 괴성을 지르며 바둥거리는 녀석의 몸을 있는 힘껏 발로 차자 탄환처럼 튕겨 나간 시체가 그대로 벽에 박혔다.

콰직!!

그는 가장 선두에 서서 토벌대의 길을 뚫었다.

사악-!! 사아악--!!

베이칸은 이렇다 할 방어구도 없이 그저 질주하듯 앞으로 나아가며 리자드맨을 도륙했다. 그의 뒤를 노리고 몇 마리의 몬스터가 창을 들어 달려들었다.

하지만 그는 뒤도 돌아보지도 않았다.

배후를 노리던 녀석들은 그에게 닿지도 못한 채 그대로 실이 끊어진 마리오네트 인형처럼 쓰러졌다.

콰드드득…….

키누 무카리의 활시위가 튕겨질 때마다 한 발에 서너 마리의 리자드맨의 머리가 정확하게 꿰뚫리며 쓰러졌다. 베이칸은 바닥에 꽂힌 화살을 바라보며 고개를 끄덕였다.

그가 오직 공격에만 집중할 수 있는 이유는 그의 뒤에 키누 무카리가 있기 때문이었다.

'같은 대초원의 부족이라 그런지 키누와 베이칸의 합이 훌륭한걸. 전생에서는 서로 검을 겨누기만 했으니 이 정도로 완벽할 수 있다는 건 생각도 못 한 일이지.'

카릴은 두 사람을 바라보며 만족스러운 표정을 지었다.

"카일라가 고안한 진법입니다."

키누의 말에 카릴은 어느 정도 예상했다는 듯 고개를 끄덕였다.

'확실히 창 일가가 진법에 일가견이 있지.'

1, 2열의 병사가 리자드맨을 공격하고 잠시 물러서자 그 틈을 비궁족의 궁병들이 메웠다. 쏟아지는 화살 비에 몬스터가 우왕좌왕할 때 3열의 검병 부대가 녀석들의 목을 벴다.

비궁족과 투부족의 연계를 보며 카릴은 생각했다.

'남은 대초원 부족과 5대 일가를 통합해서 제대로 부대를 편성할 필요가 있겠어.'

비궁족은 궁술이 뛰어나지만 근접전엔 약하다. 그런 단점을 베이칸의 투부족이 보안해 주고 있었다.

지금까지는 대초원을 두고 4부족이 서로를 견제하기에 바빴으니 그 단점을 집요하게 파고들기만 했었다.

하지만 아이러니하게도 그 단점들을 잘 알고 있기 때문에 서로를 보완하는 것도 빠르게 할 수 있었다.

각 부족은 저마다의 특색이 있었다.

검술이 뛰어난 창 일가, 부술(斧術)의 달인인 타샤이 부족, 눈을 감고도 날아가는 새를 맞춘다는 투척술의 리수 부족까지…….

카릴은 이들에게 창 일가의 진법이자 현존하는 최고의 전투술에 하나인 맹화진(猛火陣)을 접목시킨다면 과연 어떤 효과가 나올지 벌써부터 기대가 되었다.

"부족원들은 각왕께서 중앙 진출을 명하시기만을 손꼽아 기다리고 있습니다. 사실 이번 토벌에 다른 부족들도 지원했었습니다."

"그래?"

"눈치 빠른 족장들은 마스터께서 내린 이 명령이 단순히 마굴 토벌이 아니라는 걸 직감했을 테니까요."

카릴은 키누의 말에 피식 웃었다. 살아온 세월만큼이나 잔뼈가 굵은 족장들은 이미 그의 생각을 눈치챈 모양이었다.

"기억하십니까? 마스터께서 처음 4대 부족의 족장들에게 5대 일가를 손에 넣은 뒤, 두 달 뒤 타투르에서 만나자고 그들에게 했던 말씀 말입니다."

"맞아. 아쉽게도 타투르에서 교단으로 가는 바람에 그들을 만나지 못했지."

키누는 고개를 끄덕였다.

"네. 하지만 그 덕분에 비전의 샘에서 회수한 청린으로 된 무구를 병사들에게 지급할 수 있었습니다. 아마 족장들도 시간이 흐른 대신 마스터에게 보일 성과가 있어서 오히려 좋았을 겁니다."

"남부에 청린병이 얼마나 더 있지?"

"이곳에 데려온 1천을 제외하고는 청린 무구를 갖춘 병력은 약 3천이 더 있습니다. 그리고 아직 무장은 되지 않았지만 언제든 출병이 가능한 병력이 7만. 5대 일가까지 모두 합친다면 약 12만 정도는 될 겁니다."

"청린병 4천이라……. 생각보다 많은걸. 준비를 잘했군."

"다행히 디곤의 방해가 없어서 말입니다. 혹시 그 날 마스터께서 무슨 조치를 하신 건 아닙니까?"

베이칸은 나락 바위에서의 일을 떠올리며 물었다.

"딱히 그런 건 아냐. 디곤도 섣불리 움직이긴 힘들겠지. 상황이 상황이니만큼."

"그렇군요."

제국이나 공국의 수십만의 병력에 비한다면 4천이란 수는 무척이나 적은 수일 수 있었다.

그러나 청린이라는 변수는 4천을 그 열 배인 4만의 위력도 낼 수 있을 만큼 컸다. 그런 청린은 지금도 계속해서 채취되고 있었다.

'려기사단이 전멸했기 때문에 제국은 비전의 샘에서 청린을 얻을 수 있는지 아닌지 진상을 아직 확인하지 못했다.'

만약 그들이 그 사실을 알았다면 이 정도까지 시간을 주지도 않았을 테니까.

"부족장들이 닦달한 결과죠. 특히나 투 부족의 족장은 대초원을 저희가 가지게 된 이후로 계속해서 마스터께서 중앙의 땅을 하사하시길 기다리고 있으니까요."

카릴은 나이가 우스울 정도로 건장한 족장을 떠올리며 낮게 웃었다.

"그래. 이번 일이 끝나면 가장 먼저 투 부족을 신경 써야겠군. 그들에게 약속한 땅을 내주어야겠어."

"그 말씀은…… 드디어 진출인 겁니까?"

키누는 말을 하면서도 계속해서 활시위를 당겼다.

기분이 좋은 듯 시위를 당기는 속도가 한층 더 빨라졌고 청린으로 담금질한 화살촉이 바람을 찢으며 날아가 순식간에 리자드맨들의 머리를 꿰뚫었다.

"……."

전투를 모르는 비올라의 눈에도 카릴의 자유군이 몬스터와 싸우는 모습은 실로 대단했다.

경험의 차이는 컸다. 그녀와 함께 온 그레이스의 기사들이 고군분투하고 있는 것과 달리 자유군은 확실히 여유롭게 리자드맨을 사냥하고 있었기 때문이다.

물론 기사들이 고작 리자드맨에게 당할 리는 없었다.

하지만 소드 익스퍼트인 그들이 압도적으로 몬스터를 쓸어버릴 것이라고 기대했던 비올라는 예상 밖의 결과에 당혹스러울 따름이었다.

차앙-!! 창! 창!

수적인 우세가 있긴 하지만 개개인의 능력은 기사에 미치지 못할 그들이 오히려 기사들보다 더 깔끔하게 몬스터를 토벌하고 있었기 때문이다.

"대단해……."

비올라는 자신도 모르게 낮은 목소리로 중얼거렸다. 확실히 그녀의 눈엔 자유군이 대단해 보일 수 있겠지만 카릴은 반대로 그 모습에 한 가지 걱정거리도 있었다.

'판피넬가의 기사들이 고전하는 이유는 당연하다.'

기사들의 검술은 몬스터에 맞춰진 것이 아닌 오로지 전쟁을 위한 것. 즉, 가장 효율적으로 인간을 베고 죽이기 위해 만들어진 것이기 때문에 몬스터 토벌에는 맞지 않았다.

그에 비해 카일라 창이 고안한 자유군의 전술은 오로지 사냥을 위한 것이었다.

거기서 오는 고민거리.

"키누, 한 가지 묻겠다. 남부의 부족들은 크고 작은 다툼은 있었지만 부족의 맹약으로 인해 실제로 목숨을 걸고 싸운 적은 제대로 없다. 너희들은 사냥에 능하지만 전쟁을 경험해 본 적은 없어."

비올라는 카릴을 바라봤다.

"하지만 앞으로 우리가 싸워야 할 자들은 몬스터가 아니라 사람이야. 사냥이 아니라 전쟁이란 뜻이지."

"마스터."

그 순간 키누는 들고 있던 활을 집어넣고는 품 안에서 작은 단도를 꺼내었다.

[카르륵……!!]

후방에만 있던 그가 전방으로 뛰어들며 창날을 피하면서 리자드맨의 목덜미에 단검을 박아 넣었다.

촤아악……!!

있는 힘껏 검을 긋자 질긴 피부가 잘려 나가며 그 몬스터 특유의 녹색 피가 뿜어져 나왔다.

"저희는 전사입니다."

카릴의 물음을 키누는 단번에 일축했다.

비올라는 마치 자신의 목이 꿰뚫린 느낌이라 자신도 모르게 목을 어루만졌다.

콰직-!

키누 무카리는 망설임 없이 리자드맨의 머리를 발로 뭉개 버렸다. 대답은 그걸로 충분했다.

카릴은 잠깐이지만 자신이 쓸데없는 고민을 했다는 것을 깨달았다.

►**Chapter 2**◄

"황자님, 안개가 잔뜩 끼어서 속도를 낼 수가 없습니다. 이대로는 포나인을 건너는 것도 쉽지 않습니다. 조금 천천히 이동하심이⋯⋯."

원래대로라면 달이 선명하게 보일 정도로 청명한 가을 밤하늘이어야 했다.

그런데 어찌 된 영문인지 강 가까이 도착하자 한 치 앞도 알수 없는 짙은 안개가 기다리고 있었다.

"가을에 안개가 많이 낀다고는 하지만⋯⋯. 원래 포나인의 날씨가 이렇게 추웠나?"

루온은 옷깃을 여미면서 불만스러운 목소리로 말했다. 서늘해지는 가을이긴 했지만 이건 정도가 심했다.

마치, 겨울이 온 것처럼. 을씨년스러운 정도로 공기가 차가웠다.

빠득-

루온 황자는 기분 나쁜 공기에 얼굴을 구기며 거칠게 허공에 손을 휘저었다.

하지만 그를 놀리기라도 하는 것처럼 얄밉게도 그의 눈을 답답하게 만들고 있는 안개는 휘젓는 손가락 사이로 빠져나오며 그의 시야를 가렸다. 보이는 것이라고는 그나마 지금 이 길이 하론 대로라는 것을 알 수 있는 바닥에 깔린 흰 돌들뿐이었다.

"그나마 다행이야. 이 길을 따라서 가기만 하면 일단 포나인을 지나 삼국까지는 무사히 갈 수 있을 테니까."

깨끗하게 정비 되어 있는 바닥을 바라보며 루온이 말했다.

"그렇습니다, 황자님."

경험이 많은 금기사단의 부단장인 아지프 역시 이토록 짙은 안개는 처음이었다.

'수년간 포나인을 경험해 봤지만 이런 건 이상하군……. 그렇다고 마법으로 만들어진 것은 아닌 것 같고…….'

그는 혹여나 이것이 올리번의 계책은 아닐까 하는 생각이 들었지만 이내 곧 그런 의심을 지웠다. 이 정도 범위의 마법 안개를 만들기 위해서는 상상할 수 없을 정도의 마력이 필요했다.

'7클래스의 대마법사 반열에 오른 마법사가 아니고서는 불가능한 일이다. 자존심 강한 마법회가 2황자의 편에 설 리는

없고……. 궁정마법사는 아직 중립이니 단순한 자연현상에 불과한 건가.'

몇 번이나 일말의 가능성을 염두에 두어봤지만 이렇다 할 의심되는 것은 없었다.

'오랜만의 출정으로 예민해진 모양이로군.'

아지프는 자신이 너무 과민 반응을 보이는 게 아닐까 하며 낮게 웃었다. 오랜 경험이 있는 그조차도 압박이 있긴 마찬가지였다. 그도 그럴 것이 이 대군의 실질적인 지휘관은 자신이었으니까.

'루온 황자를 황위에 올리고 내가 금기사단의 단장이 된다.'

그 역시 꿈에 그리는 목표를 달성하기 위해 이번 원정에 사활을 걸고 있었다.

'절대로 실수하면 안 된다.'

남부로 내려오는 도중에도 그는 몇 번이나 그렇게 생각하고 다짐했다.

철썩…… 철썩…….

얼마나 갔을까. 강물이 치는 소리가 들렸다. 그 소리에 루온은 그제야 안색이 여유로워졌다.

"조금만 참아라. 어차피 베스탈 후작의 영지까지만 가면 된다. 통신구로 미리 연락을 취해놨으니 등기사단도 출전 준비를 끝마쳤을 거다."

그는 병사들을 다독였다.

황제는 모든 황자에게 이번 남부의 일을 마무리하라고 명했다. 1황자는 전쟁으로 2황자는 교섭을 통해서 마지막 3황자는 용병의 힘을 빌려서, 저마다의 방법으로 지금 남부를 향하고 있었다.

'어차피 크로멘은 상관없다. 아버지의 명이 있었다고는 하지만 고든 파비안이 녀석에게 제대로 힘을 실어줄 리 없을 터.'

문제는 2황자인 올리번.

애초에 황위는 자신과 그의 각축전이었다. 실수는 용납되지 않는다. 누구 하나라도 밀려나게 된다면 단순히 자리를 빼앗기는 것에서 그치는 것이 아니라 자신의 목을 내어놓아야 하는 일이니까.

'제길……'

려기사단이 전멸했다는 소식을 들었을 때 루온 황자는 자신에게 기회가 왔다고 생각했다. 병사 한둘도 아닌 기사단을 한꺼번에 잃은 사건이었다. 아무리 황자라 하더라도 문책을 피할 수 없는 일이었다.

그런데 자신의 아버지는 올리번에게 그 어떤 책임도 묻지 않으셨다. 오히려 이 사건을 계기로 황자 모두를 남부로 보내 버렸다.

'굳이 이유를 생각할 필요도 없는 일이다.'

일종의 시험. 어명에 의한 남부 토벌이지만 단순히 야만족들의 문제를 해결하는 것만이 다가 아니었다.

이곳은 다른 의미로 말해 황제가 공식적으로 만들어준 황자들끼리의 전쟁터였으니까.

'이곳에서 살아남은 자가 황위를 물려받게 될 것이다.'

그렇기 때문에 루온은 더더욱 지체할 수 없었다.

'실수만 하지 않으면 귀족들은 나의 편이다.'

루온은 확신했다.

아지프와 마찬가지로 그 역시 똑같은 생각을 하고 있었다.

그때였다.

스륵- 스르륵-

수풀이 흔들리는 소리와 함께 안개 속에서 한 무리의 인영이 보였다.

"경계!!"

선두에 선 기사가 소리치자 황자의 주위에 있는 기사들이 일제히 검을 뽑았다.

"무기를 거두어주시기 바랍니다, 황자님."

안개 속에서 생각지 못한 옅은 목소리가 들렸다.

"……."

그러나 아지프는 경계를 풀지 않았다.

"……?!"

얼마의 시간이 더 흘렀을까.

전방에 무기를 겨누고 있던 병사들이 모습을 드러낸 자를 확인하고는 깜짝 놀란 표정을 지었다. 놀랍게도 모습을 드러낸 사람은 베일로 얼굴을 가린 여자였다.

"넌 누구지?"

루온 황자는 마치 신비한 연기처럼 안개 속에서 튀어나온 그녀를 바라보며 의아한 표정을 지었다.

하지만 이내 곧 굴곡 있는 몸매와 옷 사이로 이따금 보이는 새하얀 피부를 보며 그는 자신도 모르게 입맛을 다셨다.

"안개가 짙어 엇갈리지 않을까 걱정했습니다."

그녀는 루온을 바라보며 말했다.

"저희는 황자님을 모시고자 삼국에서 온 안내자들이옵니다. 근래 포나인의 강가 주위로 안개가 심해져 이동이 어렵기에 저희가 저하를 돕겠나이다."

"웃기는 소리. 제대로 정체를 밝혀라."

아지프는 여전히 그녀를 향해 소리쳤다.

하지만 루온은 손을 들어 그런 그를 멈추었다.

"진정하게, 아지프 경."

루온은 그녀를 바라봤다.

"그래. 확실히 자네 말대로 짜증이 날 정도로 짙은 안개야. 새로 지은 것처럼 깨끗하게 놓인 대로가 아니었다면 길을 헤맸겠지."

그는 왕족 특유의 거만한 목소리로 말했다.

"그러셨군요."

"아지프 경, 내 미리 삼국에 전갈을 두었었네. 남부로 향하는 길은 좁은 가도밖에 없지 않은가. 이 대로를 통해 우리 7만 대군이 남부로 가기 위해서는 마지막으로 삼국을 통과해야 할 수밖에 없지."

"하오나 황자님⋯⋯."

"삼국에서 이 정도의 배려까지 할 줄은 몰랐지만⋯⋯. 그대들의 안내가 도움이 된다면 굳이 마다할 필요는 없지."

루온은 바보가 아니다. 당연히 믿는 구석은 있었다.

눈앞에 있는 자들은 기껏해야 다섯밖에 되지 않는 무리. 그들이 자신의 7만 대군에 위해를 가하는 것은 불가능이라고 판단했다.

물론 그의 눈빛이 여전히 그녀의 전신을 계속해서 훑고 있다는 것은 부정할 수 없는 일이었다.

"황공하옵니다. 이것은 이스탄 왕국의 인장이 찍힌 확인서입니다."

그녀는 품 안에서 작은 두루마리 하나를 꺼내어 그에게 건넸다.

그러고는 말했다.

"다행입니다."

베일 뒤로 눈빛이 반짝였다.

두샬라는 루온을 바라보며 옅은 미소를 지었다.

"저희가 실수를 하지 않아서 말이죠."

비올라는 멍하니 카릴을 바라봤다.

그녀의 몰골은 말이 아니었다. 드레스는 땀으로 찌들어 있었고 가슴과 어깨를 보호하고 있는 갑옷은 이제 그 무게조차 버거워 당장에라도 벗고 싶을 따름이었다.

[크러아아아--!!]

유난히 덩치가 커다란 회색 피부의 오크가 카릴을 향해 괴성을 질렀다.

카릴의 자유군은 리자드맨을 토벌하고 나서 쉬지도 않고 달려 또 하나의 마굴을 공략하고 눈 깜짝할 사이에 마지막, 세 번째 마굴에 당도했다.

그는 처음에 비올라에게 이 세 개의 마굴을 토벌하는 데 보름도 걸리지 않을 거라고 얘기했었다.

처음에 그녀는 그런 그의 말이 단순히 자신에게 보이는 과장이라고 생각했다.

푸욱-!!

카릴의 얼음 발톱이 오크의 뒷덜미에 박히면서 녀석의 목젖이 있는 부분을 뚫고 검날이 튀어나왔다.

회색 오크는 비명조차 지르지 못한 채 그대로 앞으로 고꾸라졌다.

'저 사람……. 지치지도 않는 거야?'

비올라는 질렸다는 표정으로 카릴을 바라봤다.

"전열을 유지해!!"

"부상자는 뒤로!! 선두는 내가 맡겠다!!"

그녀의 주위를 둘러싸고 있는 기사들의 외침이 들렸다.

피곤한 기색이 역력한 그레이스는 있는 힘껏 검을 휘둘렀다. 그의 뇌속성 마나 블레이드가 전격을 번뜩이면서 회색 오크의 어깻죽지를 갈랐다.

콰드득⋯⋯!!

어깨의 1/3 정도 박힌 검이 더 이상 내려가지 못하고 오크의 질긴 살점에 걸려 멈추었다.

"큭!!"

그레이스가 검을 쥔 두 팔에 힘을 주었다.

[크르르르⋯⋯!!]

목숨이 끊어지지 않은 회색 오크는 고통에 찬 일그러진 얼굴로 들고 있던 거대한 해머를 그를 향해 휘둘렀다.

"흐아악!!"

"흐읍!!"

해머를 피하려고 그레이스는 결국 쥐고 있던 검을 놓으며 물러설 수밖에 없었다.

오크의 뒤를 노리며 두 명의 기사가 있는 힘껏 검을 쑤셔 넣었다. 몇 번의 난도질 끝에 겨우 오크는 몸을 부르르 떨면서 바닥에 쓰러졌다.

"하아⋯⋯ 하아⋯⋯."

기사들은 질렸다는 표정으로 거친 숨을 몰아쉬었다.

그레이스는 오크에 박혀 있는 검을 뽑았다. 마물의 질긴 살점들은 마치 검을 쥐고 놓지 않을 것처럼 검날에 덕지덕지 붙어 있었다.

회색 오크는 일반적인 필드에서 사는 몬스터가 아닌 마굴에서만 생성되는 마물이다. 그저 외형이 오크와 닮아 그렇게 이름이 붙여졌을 뿐 사실 전혀 다른 마물이라고 해도 과언이 아니었다.

군락을 형성하는 오크처럼 마굴 안에는 수백 마리가 모여 있었고 그들은 모두 트롤에 버금가는 재생력을 가지고 있었다.

"도대체 이런 괴물을 어떻게 상대하란 말이죠?"

기사는 투구마저 무겁다는 듯 벗어버리며 말했다.

"하고 있잖아. 저 사람은."

그레이스는 입술을 깨물며 앞을 바라봤다.

비록 더러운 정계에 휩쓸려 지금은 약소 가문이 되어버렸지만 판피넬 가문은 유서 깊은 무가였다. 적어도 지금까지 검에 대한 자부심만으로 버텨왔다고 해도 과언이 아니었다.

하지만 그런 그레이스의 자존심은 고작 성인도 되지 않은 소년에 의해 무참히 부서지고 있었다.

'도대체……. 어떻게 하면 저렇게 싸울 수 있는 거지?'

서걱- 차아악-! 착!!

카릴은 있는 힘껏 검을 베었다.

한 치의 망설임도 없는 검격의 궤도는 회색 오크의 질긴 가죽이 무색하리만치 깨끗하게 갈라 버렸다.

고작 한 마리에도 몇 명의 기사들이 달라붙어 고전했던 회색 오크 세 마리가 카릴의 칼질 한 번에 잘린 채 반토막 나 피를 쏟고 있었다.

콰직!

바닥에 착지하면서 카릴이 바닥에 먼저 닿은 왼발을 틀자 그의 몸이 회전하면서 검날이 다시 한번 사선으로 번뜩였다.

이번에는 소리조차 나지 않고 그의 주위에 있던 회색 오크들이 잘려 나갔다. 마물의 시체에서 피가 뿜어져 나오며 그의 옷에 튀었다.

하지만 카릴은 신경도 쓰지 않았다.

"퉷."

카릴은 입술을 닦아내며 더러운 마물의 피를 뱉어냈다. 이미 옷이 피로 범벅이 된 그는 주위에 썰린 시체들을 훑으며 말했다.

"이대로는 끝이 없겠어. 시간을 맞추려면 조금 더 서둘러야겠군. 베이칸, 키누, 여길 정리해. 나 혼자 들어가겠다."

"알겠습니다!"

"넵."

아무렇지 않게 대답하는 두 사람과 달리 비올라와 그레이스는 카릴의 말에 놀라지 않을 수 없었다.

지금도 계속해서 오크들이 쏟아지고 있는 상황에서 더 안쪽으로, 그것도 단신으로 들어가겠다는 그의 말은 자살행위나 다름없는 말이었으니까.

'하지만⋯⋯.'

아이러니하게도 카릴의 무용을 눈앞에서 지켜본 그레이스는 그라면 가능할 것 같다는 생각이 들었다. 화려한 기교도 없었다. 그렇다고 맹렬한 패도의 검도 아니었다.

하지만 그의 검에 닿는 모든 적은 언제나 단 일합에 끝나 버렸다.

"⋯⋯."

그레이스로서는 그것이 억겁(億劫)의 시간 동안 검을 쥐고서야 탄생한 극의라는 것을 알 리가 없었다.

빠득-

카릴을 바라보며 느낀 그의 감정은 어쩌면 란돌이 고블린 토벌에서 느꼈던 것과 비슷한 것일지 모른다. 평민이었던 란돌처럼 약소 귀족의 가주인 그가 가지는 강함에 대한 열망. 그리고 그것을 직접 목격했을 때 더욱 그에 대한 호기심이 생기는 것을 부정할 수 없었다.

"너희들은 왕녀님을 지켜라. 지금부터는 나 혼자 싸우겠다."

"네? 하지만⋯⋯."

"내 눈으로 직접 확인하겠다."

왕녀를 수행해야 할 호위 기사인 자신이 전선을 이탈하는 것은 불경죄일지 모른다.

하지만 그럼에도 그는 보고 싶었다. 그레이스는 카릴이 들어간 마굴의 안쪽으로 있는 힘껏 달리기 시작했다.

"늦어."

얼마나 달렸을까. 카릴은 지금껏 봤던 회색 오크의 두 배는 될 것 같은 마물의 잘린 머리를 쥐고서 달려온 그를 기다렸다는 듯 말했다.

"이게 도대체……."

그는 너무 놀라 차마 목소리가 나지 않았다. 주위에 쓰러진 몬스터들의 시체가 즐비했다. 아니, 자신이 지나온 통로에도 마찬가지로 몬스터의 시체들이 깔려 있었다.

인정하고 싶지 않지만 이 결과는 그가 달려온 속도보다 카릴이 오크를 뚫고 온 속도가 더 빨랐다는 뜻이었다.

믿을 수 없었다.

지금까지 그의 검술을 보기는 했지만 이런 말도 안 되는 속도가 가능할 리가 없었다.

"어떻게 된……."

어떤 시체는 시커멓게 타서 재가 되었고 어떤 시체는 새하얗게 얼어 산산조각이 나 있었다.

그뿐이 아니었다. 또 다른 녀석은 검으로 깨끗하게 갈라져 있었고 나머지 시체들은 번개로 지진 듯 그을려 있었다.

'아까와는 완전히 다르다?'

여러 가지의 속성이 뒤엉켜있다.

이건 한 사람이 할 수 있는 일이 아니었다.

그레이스는 카릴의 전투 방법조차도 가늠할 수 없었다.

툭-

"……!!"

카릴이 족장의 머리를 그에게 던졌다.

그레이스는 자신의 죽음조차 인지하지 못한 듯 눈조차 감지 못하고 죽은 오크 족장의 머리를 받아 들며 멍한 얼굴로 바라봤다. 그러고는 고개를 돌렸다.

시체들 사이로 족장의 몸으로 보이는 거대한 육체가 고스란히 옥좌 위에 그대로 앉아 있었다. 반항조차 하지 못한 것이다.

"그거 잘 챙겨서 따라와."

"……네?"

카릴은 얼굴에 묻은 마물의 피를 손등으로 닦아내며 가볍게 웃으며 그를 지나쳐 걸었다.

"깜짝 선물이거든."

한 달 뒤. 들판엔 전운이 감돌고 있었다.

"예상보다 포나인의 강물이 잠잠해서 쉽게 건널 수 있었소. 수왕이 죽었다는 소문이 사실인가 보군."

"때가 좋았을 따름입니다."

대륙을 관통하는 거대한 강을 건넌 뒤 루온 황자는 대로의 끝에 거점을 세우기 시작했다.

눈앞에 보이는 두 개의 성채. 하나는 이스탄 왕국의 국경 수비성인 로드 타워였고 다른 하나는 트바넬 왕국의 터틀 캐슬이었다.

기다란 탑의 모양으로 지어진 로드 타워와 둥근 돔처럼 생긴 터틀 캐슬의 모습은 이름과 잘 어울렸다.

"저곳이로군. 저기만 통과하면 남부로 향하는 길이 바로 이어진다, 이거지."

루온 황자는 강을 건너고 나서도 계속되는 기분 나쁜 습기에 살짝 짜증이 난 목소리로 말했다.

"네. 그렇습니다."

아지프는 고개를 끄덕였다.

"말로만 듣던 트윈 아머(Twin Armor)를 이렇게 눈으로 볼 수 있다니 흥미롭군. 저게 우리 제국으로부터 지금까지 이스트리아 삼국을 존속시켜 준 거라지?"

두 성의 이력은 특이하다. 육안으로 볼 수 있을 정도로 가까운 거리에 위치해 있는 이 성들은 과거 전쟁이 일어나면 가장 위험한 접전 지역이었지만 반대로 동맹을 맺은 이후부터는 삼국, 아니, 대륙에서 가장 단단한 방어성이 되었다.

"이스탄의 방패라고 불리는 마르제가 아직 지키고 있으니까요."

"흥……. 그 노괴는 아직도 살아 있나. 명줄도 길군. 이젠 유물로 취급해야 하는 거 아냐?"

루온 황자는 쯧- 하고 혀를 찼다.

그런 그를 보며.

"그렇게 따지면 트바넬의 아벤도 만만치 않지."

"맞습니다."

약소국이라 하더라도 명장은 존재하는 법이다. 마르제와 아벤은 제국도 인정한 기사였다. 이스탄의 방패라는 이름에 걸맞게 엄청난 크기의 타워 실드를 들고 압도적인 돌파력으로 전장을 휩쓸었던 기사가 마르제라면 아벤은 그 반대였다.

수비의 아벤. 개인의 능력은 마르제에 비하면 떨어질지 모르지만 그는 공성과 수비에 능한 전략가였다.

그들이 없었다면 일찌감치 삼국은 제국이나 공국에 의해 멸망했을지도 모른다.

"그런 둘이 이제 손을 잡았으니 더 골치 아프게 되었어."

로드 타워와 터틀 캐슬은 높이와 크기까지 그 모습이 완전히 다른 성이었다. 처음에는 서로의 약점을 노려 만들어졌지만 이제는 서로의 성(城)이 가지는 단점을 보완해 주는 형국이되었다. 게다가 이곳을 지키는 두 노장의 실력은 이미 대륙에서 인정하는 바이니 실로 트윈 아머는 난공불락의 요새라 칭

할 만했다.

"그래도 다행입니다. 그 고집 센 늙은이가 성문을 열어주는 것을 허락했으니 말입니다. 솔직히 트윈 아머 쪽으로 방향을 잡았을 때 의아해했습니다."

아지프는 쓴웃음을 지으며 말했다.

"그는 자신의 신념에 어긋난다면 왕의 명령도 어길 자니까요."

"맞아."

루온 황자는 그의 말에 고개를 끄덕였다.

마르제의 명성을 익히 잘 알고 있는 그들은 비록 공문을 보내긴 했지만, 쉽사리 삼국을 통과할 수 있을지 걱정스러웠다.

하지만 포나인은 건너기 전에 자신들을 마중 나온 안내인을 보고 한결 마음이 놓였다.

"아벤은 그렇다 쳐도 마르제 그 늙은이는 문을 열어주지 않겠다고 고집을 피울 것 같았거든."

루온 황자는 두샬라를 바라보며 피식 웃었다.

"안 그래?"

"네. 저도 그렇게 생각합니다."

두샬라는 아무렇지 않게 그에게 말했다.

"……뭐?"

자신의 귀를 의심하며 루온은 다시 한번 그녀를 향해 묻자 두샬라는 여전히 담담하게 말했다.

"제 생각에도 마르제 그 늙은이가 황자님을 쉽사리 남부로 통과시켜 줄 것 같진 않네요."

그녀는 옅게 웃었다.

그렇기 때문에 이곳으로 유인한 것이니까.

"후욱, 후욱……."

거칠게 들썩이는 가슴을 따라 호흡이 가쁘게 들렸다. 비록 지친 기색은 역력하지만 그들의 눈빛은 여전히 매섭고 발걸음에는 힘이 실려 있었다.

"미쳤어……."

"며칠이나 지난 겁니까?"

"전쟁도 이렇게 강행군으로 하지는 않을 것 같은데……."

정작 그들의 뒤를 따르는 판피넬의 기사들이 오히려 질렸다는 표정을 지었다.

"……."

그들의 목소리에 몇몇 병사들이 기사들을 바라봤다. 하지만 이내 곧 관심 없다는 듯 고개를 돌렸다. 그 모습에 그레이스는 자존심이 상한 듯 살짝 뺨을 씰룩이면서 기사들에게 말했다.

"모두 조용히 해. 저들은 말도 타지 않고 걷고 있다. 너희들이 투덜대면 어쩌자는 거야."

"죄, 죄송합니다……."

그의 말에 기사들은 입을 다물었지만 솔직히 그 말을 하고 있는 그레이스 역시 놀라긴 마찬가지였다.

'3번째 마굴까지 소탕하는 데 걸린 시간은 고작 2주. 게다가 끝나자마자 사흘 동안 쉬지 않고 행군을 하는데도 속도가 늦춰지지 않았다.'

괴물 같은 자는 카릴 혼자만이 아니라는 생각에 그레이스는 낮은 한숨을 내쉬었다.

"그동안 수고했다. 부상자들을 치료해 주고 우리는 이틀간 이곳에서 휴식을 취할 것이다."

첫 번째 마굴의 앞에 세워 뒀던 거점에 도착하자 기사들은 그제야 안도의 한숨을 내쉬었다.

"이틀 뒤 말입니까? 괜찮을까요? 기사들이 많이 지쳐 있는데……."

그레이스는 카릴에 말에 대답했다.

하지만 카릴은 아무렇지 않게 말라 버린 피로 딱딱하게 굳은 옷을 벗어 던지면서 말했다.

"예정된 한 달 중 이틀을 쉬고 나면 이제 일주일도 채 남지 않았습니다. 최종 목적지인 트윈 아머까지 가는 데 걸리는 시간을 생각하면 그 이상 지체하는 것은 무립니다. 힘드십니까?"

"아, 아닙니다."

그레이스는 황급히 대답했다.

그는 회색 오크의 부락에서 카릴의 모습을 보고 난 뒤부터 카릴을 대할 때면 말로 설명하기 힘든 기분이 들었다.

딱 한 번, 회색 오크 족장의 머리를 자신에게 던지며 반말을 하던 그 모습. 무례하기 짝이 없는 행동이었지만 이상하게도 그때를 떠올릴 때마다 그레이스는 소름이 돋는 기분이었다.

'미쳤지……'

예의 바르게 행동하면서도 이따금 아무렇지 않게 자신들에게 검을 겨누겠다는 말을 하는가 하면 때로는 계급 따위는 안중에도 없다는 듯 행동했다.

하지만 이런저런 핑계와 설명을 떠나서 압도적인 그의 힘은 그레이스를 매료시키기에 충분했다.

'나는 저 사람의 끝을 보지 못했다.'

회색 오크들을 일검에 죽이던 그의 검술엔 자신과 달리 여유가 있었다.

왕국의 존망(存亡)을 두고 눈앞에 적이 될 사람에게 호기심을 가진다는 것은 기사로서 해서는 안 될 일이었지만 그레이스는 자신의 감정을 숨기기 힘들었다.

"……."

그리고 그런 감정을 느끼는 건 비단 그 한 사람만은 아니었다.

'왕궁의 울타리 밖은 언제나 이런 수라를 경험하는 곳이었나……. 나는 너무나도 세상을 몰랐어.'

비올라는 낮은 한숨을 내쉬면서 선두에 있는 카릴의 뒷모습을 바라봤다. 처음 그녀가 카릴에게 느꼈던 존경심에 대해 더 이상 부정하지 않았다. 그의 명령이라면 한 치의 망설임도 없이 따르는 병사들과 그런 그들에게만 전투를 맡기지 않고 가장 앞에서 싸우는 카릴의 모습.

반면 자신이 할 수 있는 것은 과연 무엇일까. 기껏해야 무능한 아버지를 비난하고 그를 돕지 못하는 귀족들을 원망할 뿐.

'허무맹랑한 말이라고 생각했지만 저자에 비하면 나는 아무것도 아니었어.'

입안이 썼다.

"퉷-!!"

그녀는 마굴에서 카릴이 그랬던 것처럼 땀으로 짠기 가득한 침을 거칠게 뱉었다. 그러고는 손등으로 입술을 닦아내며 고개를 들었다. 이런 건 태어나서 처음이었다.

그 모습에 기사들은 깜짝 놀라지 않을 수 없었다. 품위를 지켜야 할 왕녀로서는 상상조차 하지 못할 행동이었으니까.

"와…… 왕녀님?"

지금껏 그녀를 모셔왔던 그레이스조차 한 번도 본 적이 없는 그 모습에 놀라긴 매한가지였다.

하지만 카릴만은 그런 그녀를 잠시 바라보더니 아무렇지 않은 듯 고개를 돌렸다.

저벅- 저벅- 저벅-

그녀는 발걸음에 힘을 주며 카릴에게 다가갔다.

"이후로도 고된 여정이 될 겁니다. 왕녀님 지금 물을 준비해

드릴 테니 씻으시죠. 아니면 만유숲으로 돌아온 김에 왕궁으로 돌아가서도 됩니다."

"나는 돌아가지 않는다."

대답은 단호했다.

하지만 카릴은 그런 그녀의 대답을 예상했다는 듯 고개를 끄덕였다.

"그럼 씻으실 물을 바로 준비하죠."

"아니."

"......?"

"씻는 건 상관없네. 그 대신 지금 나와 차 한 잔을 할 수 있겠는가."

땀범벅이 된 모습으로. 그녀는 왕녀로서의 위엄이라곤 찾아볼 수 없이 엉망이 된 얼굴로 말했다.

하지만 그녀의 눈빛만큼은 처음 자신을 찾아왔을 때와 달라져 있다는 걸 카릴은 알 수 있었다.

"그때보다 훨씬 더 보기 좋으시군요."

처억.

모두가 당황해하는 그 순간. 지저분한 그녀의 손을 가볍게 잡아 손등을 위로 올리며 카릴은 처음으로 그녀에게 허리를 굽히며 말했다.

"물론입니다."

막사 주변으로 벌레를 쫓는 잿가루를 뿌렸지만 피와 땀으로 범벅이 된 두 사람의 냄새를 맡고 날아드는 하루살이들은 어찌할 수가 없었다.

마법이라도 쓰면 될 것을 두 사람은 그런 사소한 것은 개의치 않는다는 듯 그저 서로를 응시할 뿐이었다.

주르륵……

"막사 안이라 쓸 만한 다기들이 없는 걸 이해해 주시기 바랍니다."

카릴은 수통에 끓인 물을 그릇에 담고는 찻잎 몇 개를 떨어뜨리며 말했다.

"나는 이해할 수가 없다."

"무엇을 말입니까?"

비올라는 그가 내민 찻잔에는 눈길도 주지 않고서 말했다.

하지만 그녀는 막상 대답을 머뭇거렸다.

"왕녀님, 혹시 기억하십니까? 저희는 세 개의 마굴을 토벌하고 이곳으로 돌아오는 길에 다섯 개의 마을을 통과했습니다."

그러자 카릴이 먼저 말을 꺼냈다.

"물론이다. 굳이 그곳들을 들를 필요가 없는데도 너는 경로를 바꾸었지. 너의 병사들이 힘들어 하는 것을 알면서도 말이야."

"추수가 한창입니다. 안 그렇습니까?"

"……."

"속성석으로 인한 빚을 얘기하려고 하는 것이라면 그만하거

라. 내가 묻고 싶은 것은 그게 아니까."

그녀는 굳은 얼굴로 말했다.

"저 역시 그렇습니다. 전에도 말씀드렸다시피 왕국이 제게 진 빚 따위 사실 큰 문제가 아닙니다. 단지 그들을 본 감상을 묻는 겁니다."

비올라는 살짝 입술을 깨물었다.

"내가 이해할 수 없는 부분이 바로 그것이다. 그래, 인정하겠어. 당신의 능력이라면 마음만 먹으면 언제든 삼국을 손에 넣을 수 있을 거야."

카릴은 그녀의 말을 경청하며 찻잔을 입에 가져갔다.

"우리들은 동맹이라고는 하지만 어느 하나가 위험에 처하면 도와주진 않겠지."

"그렇겠지요."

비올라의 말에 그는 가볍게 웃었다. 제국과 공국의 사이에서 살아남기 위한 책략으로 맺은 협정이었다.

물론, 처음에는 맹약이었을 것이다. 하지만 흘러간 시간만큼 단단하게 굳어졌던 맹약에도 녹이 슬게 마련이었다. 겉으로 보기엔 여전히 이스트리아 삼국이란 이름 아래에 있지만 실상은 그저 서로를 호시탐탐 노리는 경쟁국과 다를 바 없었다.

"그렇다고 전쟁을 일으킬 용기도 없는 나약한 자들이지. 행여나 그 틈을 노리고 제국이나 공국이 침공할지도 모르니까."

"그 말도 맞습니다. 하지만 그 겁이 이스트리아 삼국을 지금까지 유지시켜 준 원동력이기도 합니다."

"이제 솔직히 말해주겠어? 왜 내게 이런 것들을 보여주는 것인지. 그리고 생각하게 만드는 것인지. 당신은 내게 삼국을 치겠다고 했지만 정작……."

비올라는 말을 멈추었다. 처음에는 그를 경계하기 위해 토벌에 참가했었다.

하지만 시간이 거듭될수록 그녀는 의문이 생겼다.

마치…….

'나를 가르치기 위한 것 같다.'

인정하고 싶지 않지만 카릴과 함께했던 한 달의 시간이 오히려 황궁 안에서 살았던 수년의 시간보다 훨씬 더 자신의 왕국에 대해서 잘 알 기회였다는 걸 차마 자기 입으로 말할 수는 없었다.

그렇게 되면 스스로 왕국의 무능함을 인정하는 꼴이 되고 말 테니까.

설령 그게 사실이라 하더라도 왕가(王家)로서 포기하지 말아야 할 것이 있었다.

그것이 바로 자존심.

카릴은 비올라를 바라봤다.

"병사들이 싸우는 모습, 병장기가 부딪히는 소리, 부상자들의 비명 그리고 그 뒤에 마을 사람들이 추수를 하는 풍경까지. 짧지만 많은 것을 볼 기회가 되셨을 겁니다. 왕녀님께서 제게 찾아왔기 때문에."

"……."

"다른 왕국들은 지금까지도 아무도 절 찾아온 자가 없는데 말입니다."

비올라는 그의 말에 부끄러웠다.

자신이 한 일이라고는 그저 눈으로 저들을 바라본 것뿐이었으니까. 아무것도 할 수 없었다.

하지만 그런 그녀의 마음을 알고 있다는 듯 카릴은 따뜻한 목소리로 말했다.

"부끄러워할 필요 없습니다. 누구나 시작은 그러한 법이니까요. 하지만 찾아올 용기도 없는 자들에겐 알고자 하는 기회조차 사치스러운 것입니다."

"……나도 당신처럼 될 수 있을까."

우스웠다. 이런 질문을 적이 될 사람에게 하고 있으니 말이다.

하지만 병사들 사이에 있던 카릴은 왕궁의 그 누구보다도 빛나 보였었다.

스스로 내뱉고 나서도 부끄러운 듯 그녀는 화끈거리는 얼굴을 가리려 고개를 숙였다.

"제게 답을 구하시는 겁니까? 아실 텐데요. 저는 그다지 친절한 사람이 아닙니다."

카릴은 나지막한 목소리로 말했다.

"방법은 왕녀님께서 찾으셔야 합니다. 다만 저는 기회를 드릴 순 있을 것 같군요. 그리고 그 결과를 보인다면 정말로 저는 펜리아 왕국을 가장 나중에 찾아갈 겁니다."

"흥……."

비올라는 농담 섞인 그의 말에 낮은 한숨을 내쉬었다.

촤르륵-

카릴은 막사를 걷었다. 저 멀리 국경 지대에 하늘을 향해 솟아 있는 로드 타워를 가리켰다.

"지금쯤 트윈 아머에 루온 황자의 7만 군대가 집결해 있을 겁니다."

"……뭐?!"

그와 함께 있어서 소식을 듣지 못했던 비올라는 카릴의 말에 깜짝 놀랐다.

"설마……. 제국이 침공이라도 했단 말인가."

"아닙니다. 그들은 남부와의 문제를 해결하기 위해 왔을 뿐입니다. 다만 성문을 열고 남부로 향하는 길을 열어달라는 요구하겠죠."

"아……."

비올라는 그제야 다행이라는 듯 한숨을 내쉬었지만 이내 곧 조금 전보다 더 큰 목소리로 말했다.

"하지만 저곳은……."

"네. 마르제 경과 아벤 경이 지키고 있습니다."

"그들은 절대로 성문을 열지 않을 거다."

"맞습니다."

그녀는 자신도 모르게 등골이 오싹해지는 기분이었다.

제국 1황자가 어떤 자인가.

"전쟁이…… 일어날지도 몰라."

루온의 성격에 대해서는 모두가 잘 알고 있었으니까.

물론, 이 모든 것이 카릴이 짜놓은 판이라는 것을 그녀가 알리 없었다.

"아시겠지만 트윈 아머는 두 왕국이 함께 수비를 하고 있는 특수한 곳입니다. 그렇기 때문에 다른 국경 지대와 달리 그곳에 살고 있는 백성의 수도 많습니다."

카릴의 말에 그녀는 고개를 끄덕였다. 대부분의 국경 지대엔 크고 작은 마을들이 존재하지만 트윈 아머는 다르다. 두 나라의 백성이 함께 살고 있는 곳이기 때문에 성 밖에만 천 명이 넘는 사람이 있었다.

"왕녀님은 눈앞의 강적과 대치한 상황에서 왕국의 안위와 버려진 백성 중에 무엇을 선택하시겠습니까?"

"그건……."

비올라는 선뜻 대답하지 못했다.

"이해합니다. 쉬운 일은 아니죠."

그런 그녀를 보며 카릴은 나지막한 목소리로 말했다.

"하지만 지금 왕녀님께서 씻지도 않은 몰골로 저를 찾아오신 게 바로 성장한 겁니다."

"냄새가…… 많이 나는가?"

비올라는 카릴을 바라보며 얼굴을 붉히고는 황급히 옷깃을 만졌다.

그런 그녀의 모습에 그는 피식 웃었다.

"왕녀님, 저는 이제 확신할 수 있습니다. 왕녀님께서 며칠 뒤, 제가 벌일 사건에 대한 가장 훌륭한 증인이 되어주실 거란 것을요."

"증인?"

그의 눈빛이 빛났다.

"어쩌면……."

막사 안에 그의 목소리가 울렸다. 자신과 같은 또래라고는 생각되지 않는 깊이가 있는 목소리였다.

"그날 토벌하게 될 건 몬스터만이 아닐지도 모르니까."

촤아악……!! 촤악!!

포나인의 강물을 타고 배를 모는 수안은 연신 입술을 씰룩이면서 웃음을 참았다.

"하하!! 진짜 황자의 얼굴을 봤어야 했는데. 내 평생 이렇게 통쾌한 적은 처음이야. 아니지, 두 번째야!"

"뭐야? 첫 번째면 첫 번째지 두 번째는 또 뭐람. 그런 애매한 말이 어딨어?"

조타실의 벽에 기대어 있던 두샬라는 수안 하자르의 말에 피식 웃었다.

"당연하지. 아무리 그래도 첫 번째는 역시 마스터를 만났을 때니까."

"음……?"

수안 하자르는 피아스타에서의 일을 떠올리며 기분 좋게 말했다.

"그런 게 있어. 대륙에서 귀족 나부랭이들을 제외하고 아마제국의 1, 2황자를 모두 만난 사람은 나밖에 없을걸."

"그래? 네가 2황자와도 인연이 있다는 게 신기한데……. 둘 다 만나본 소감은 어때?"

두샬라의 말에 수안은 조금 전 포나인에서의 일보다 더 즐거운 듯 웃었다.

"귀족이 아닌 자 중에 황자들을 독대한 경험이 있는 사람이 나라면 마스터는 그 둘 모두에게 엿 먹인 유일한 사람이지."

"하아?"

그녀는 수안의 말이 이해가 가지 않는다는 표정으로 되물었다.

"미치겠군. 1황자는 그렇다 쳐도 2황자까지? 도대체 우리 마스터는 밖에서 뭘 하고 다니셨던 거야."

"크크큭."

그렇게 말했지만 두샬라 역시 연신 입가에 미소가 가시지 않았다.

대륙에서 핍박받던 자들이 살 수 있는 자유도시를 만들었지만 타투르의 평판은 그다지 좋지 못했다. 어쩌면 대륙에서 유일하게 왕과 귀족들에게 반(反)하는 유일한 도시였다.

하지만 자유보다는 무법이란 평가가 더 강했고 도망쳐 온 자들에게도 호감보다는 두려움을 더 많이 가지게 했었다.

그런데 이 모든 것이 카릴이 오고 나서부터 완전히 바뀌었다.

'어쩌면……'

정말로 같잖은 귀족 놈들을 내려다볼 수 있게 될지도 모른다는 생각.

이제야 뭔가 톱니바퀴가 돌아가는 기분이었다. 무법이 아닌 자유라는 이름으로 지금까지 규율을 만들고 계급으로 구분 짓던 자들을 정면으로 비웃어줄 수 있을 것 같은 자신감.

수안은 있는 힘껏 키를 돌리며 말했다.

"황자들을 본 감상? 그런 게 뭐가 필요하겠어. 우리는 그들보다 더 대단한 사람을 모시고 있는데."

그의 말에 두샬라 역시 고개를 끄덕이며 인정했다.

"하긴……"

그녀는 품 안에 약을 꺼내 목덜미에 난 상처에 발랐다.

"7만 대군을 고작 우리들로 낚으라는 말도 안 되는 지시를 내리는 분이니까. 빠져나오는데 죽는 줄 알았네."

"크큭, 그건 당신이 루온 황자의 면상에다 그런 소리를 해서 그렇잖아. 뭐, 속은 시원했지만."

두샬라의 수행원으로 함께 왔던 에이단은 포나인의 강가 근처에 배를 정박시켜 두고 기다리고 있었다. 막사 안이 소란스러운 것을 확인하고서 그는 배를 몰아 두샬라를 구출해 냈다.

"맞아. 너도 참 대단해. 황자의 바로 앞에 그런 소리를 하다니. 하마터면 목이 날아갈 뻔했다는 거 알지?"

수안 역시 에이단의 말에 동의했다.

그녀의 옆에서 그 광경을 모두 봤던 수안은 그녀가 그 말을 내뱉자마자 그녀를 둘러메고서 루온 황자의 대군을 빠져나왔다.

"뭐……. 왠지 그때 아니면 또 언제 할 수 있을까 싶은 생각이 들어서 말이야. 대로를 타고 오는 동안 얼마나 건방지던지. 게다가 눈빛은 또 왜 그렇게 더러운지, 넌 모를걸. 어쨌든 에이단 네가 그 순간 그 인간의 표정을 봤어야 했는데."

두샬라는 자신을 바라보던 루온 황자의 시선을 떠올리며 고개를 저었다.

"하지만 네 덕분에 루온이 쉽게 믿었던 것도 있으니 다행이라면 다행이지. 마스터가 널 적임자로 꼽은 이유를 알겠어."

에이단은 피식 웃었다.

"적어도 그런 짓을 하고도 살아남을 인간들이라고 생각해서 맡긴 걸지도 모르지. 우리 마스터는."

에이단은 수안과 두샬라를 가리키면서 말했다.

"타투르의 관리자가 둘이나 되는걸."

"너 역시. 네가 강가 근처의 보초병들을 미리 처리해 놓지 않았더라면 이렇게 쉽게 도망치지 못했을걸."

수안은 쓰러져 있는 병사들을 가리키며 에이단에게 말했다.

강가를 따라 보초를 서던 그들은 마치 잠든 것처럼 상처 하나 없이 쓰러져 있었다. 자신이 죽임을 당한 것조차 인지하지 못했다는 뜻이었다.

교단에서 돌아온 뒤.

카릴이 두샬라에게 명한 플랜 B를 수행하는 동안 그는 인보(忍步)를 비롯하여 자신의 술법을 더욱 강화했다. 동방국을 버렸다고는 하지만 미하일로부터 마력적 재능의 차이를 느낀 그가 강해질 방법은 그것뿐이라는 걸 잘 알기 때문이었다.

'옆에 있어도 이따금 잊게 되는 것 같아. 남부에서 왔을 때도 그렇지만 이후에 더 성장했어.'

수안은 자신의 목을 쓰윽 어루만지면서 생각했다.

만약 그가 작정하고 기척을 지운다면 과연 자신은 알아차릴 수 있을까.

"그 정도는 아무것도 아니지."

하지만 그의 걱정과 달리 가볍게 어깨를 으쓱하며 말했다.

"속도를 좀 더 올리겠어. 해협에 당도하려면 시간이 부족할지 모르니까."

쓸데없는 생각을 떨쳐 버리려는 듯 수안은 키를 잡은 손에 힘을 주었다.

지금은 카릴이 남긴 마지막 전언을 수행하는 것이 우선이었기 때문이다.

"그런데 그건 뭐야?"

강물을 가르는 배 위에서 두샬라는 수안의 손목에 감겨 있는 줄을 가리켰다.

"이거? 마스터께서 내게 맡긴 거야. 만일의 상황에 대비해서 쓰라던데. 사용할 타이밍은……. 저절로 알게 될 거라고 하더군."

"흐음……."

"일단은 해협으로 가서 대기해야지. 사실 나도 정확한 건 모르니까 말이야. 마스터께선 포나인에 익숙한 내가 아닌 다른 사람들은 쓰기 어려울 거라고 했어."

그녀는 투박하게 생긴 끈을 흥미롭게 바라봤다.

"포나인의 강물과 해협이 만나는 곳에 이걸 던지면 된다던데. 재밌는 일이 생길 거라고."

그의 말에 두샬라는 가볍게 고개를 끄덕였다.

의심은 없었다.

자신의 주인은 언제나 그렇듯 의미 없는 지시를 하지는 않았으니.

짜르릉…….

수안의 팔에는 감겨 있는 각왕의 증표가 서로 부딪히면서 마치 웃음소리처럼 울렸다.

"그게 무슨 헛소리야!!"

콰직--!!

있는 힘껏 내려친 주먹 아래로 탁자의 손잡이가 부서져 나갔다.

잡아먹을 듯 으르렁거리는 루온 황자의 눈빛을 바라보면서도 사신은 두려워하는 기색은커녕 평정심을 유지했다.

"죄송합니다, 황자님. 저희들은 왕궁에서 이렇다 할 보고를 받지 못했습니다. 지금 확인 중이오나 아직은 장군님께서 성문을 여는 것을 허가하지 않으셨습니다."

투박하지만 단단해 보이는 풀 플레이트 메일을 입은 기사는 나지막한 목소리로 말했다.

'확실히 이스탄의 방패가 이끄는 기사란 건가. 약소국임에도 불구하고 기세가 제법이군.'

아지프는 그를 보며 무력으로 트윈 아머를 뚫는 일이 쉽지 않을 것 같다는 생각을 했다.

"아시다시피 로드 타워의 옆엔 터틀 캐슬이 있습니다. 타국의 성과 근접해 있는 상황에서 쉽사리 문을 여는 건 어려운 일입니다."

"트바넬 왕국에서는 협조를 수락했네. 로드 타워만 동의하면 언제든 문을 열어주겠다고."

"장군님의 전언입니다. '삼국은 동맹 체제를 유지하고 있으나 수년 전만 해도 트윈 아머는 가장 치열한 접전지. 타국의 동의가 있다 하더라도 폐하의 명이 내려오기 전에는 절대로 문을 열 수 없다'라고 전하셨습니다."

'빌어먹을 늙은이들……. 이것들이 서로 짜고 나를 엿 먹이려고 작정을 한 거군.'

차라리 두 곳 모두 자신의 입성을 거부한다면, 최악의 수일지도 모르지만 트윈 타워를 공격하는 것도 고려해 볼 수 있었다.

하지만 두 개의 성 중에 자신의 입성을 동의하는 성이 있는데 공격을 가하는 것은 나머지 왕국들의 질타를 받기 충분한 일이었다.

"그렇다면 문제는 너희뿐이라는 말이군."

차아앙--!!

루온은 있는 힘껏 검을 뽑았다.

"……."

하지만 사신은 자신의 목을 겨누고 있는 루온 황자의 검을 바라보며 아무런 말을 하지 못했다.

"화, 황자님."

아지프는 그런 그를 낮은 목소리로 불렀다.

전쟁을 하는 것도 아니고 오히려 부탁하러 온 입장에서 타국의 사신을 죽인다는 것은 변명의 여지가 없이 사태를 더 악화시키는 일이었으니까.

"너희 왕국의 마법구는 장식인가? 왕의 허가가 필요하다면 당장에라도 연락을 취하면 될 것을. 벌써 이틀이나 시간을 잡아먹었다. 전했다시피 우리는 남부로 가야 한다."

"아시다시피 남부를 통한 길은 이미 조약을 통해 남겨놓은 가도가 있습니다."

"그 좁은 길을 쓸 수 있었다면 이런 번거로운 짓을 하지 않았을 것이다! 너희도 가도는 이 인원이 통과할 수 없다는 걸 알지 않느냐!"

"죄송합니다. 외람된 말씀이지만 차라리 대로를 통한 길 중 트윈 아머가 아닌 노르트 평원을 통하셨다면 좀 더 수월하셨을 텐데요."

빠득-

루온 황자는 그의 말에 아무런 대답을 하지 못하고 그저 이를 갈았다.

자신도 잘 알고 있었다. 하지만 제국 황자의 자존심에 차마 속았다는 말을 할 수는 없었다.

"우리는 트윈 아머를 통한 길이 남부로 향하는 가장 빠른 길이기 때문에 선택했다."

변명이지만 그는 적어도 자신의 자존심은 지켜야겠다고 생각했다.

루온의 검이 천천히 사신의 목을 타고 움직였다.

검 끝이 향한 곳은 막사의 밖.

"포나인을 경계로 국경 지대가 나누어져 있지만 사실상 저 끝은 제국의 영토다."

그곳엔 크고 작은 집들이 모여 있었고 아직 추수가 끝나지 않은 논밭이 펼쳐져 있었다.

"장군에게 전해라. 꼭꼭 성문을 틀어막은 채 있어도 상관없다. 하나 그 잘못된 판단이 저들의 목숨을 모조리 앗아가게 된 후에도 성문을 열지 않을 수 있을지 보겠다고."

그의 말에 사신의 눈빛이 처음으로 흔들렸다.

루온은 진심이었다.

병력을 돌리기엔 늦었다. 이렇게 만든 놈들을 지금 당장에라도 족치고 싶었지만 이미 도망가 버렸다.

추격대를 보냈지만 기대하지는 않았다. 자신에게 보고했던 정체는 애초에 가짜였고 당당히 대군 사이를 빠져나간 녀석들이 쉽사리 잡힐 리 없었으니까.

'사지를 갈기갈기 찢어도 시원찮을 놈들이지만 그 녀석들은 나중 문제다. 우선은 이 일이 더 급해.'

명백한 협박이었지만 이대로 시간을 지체할 순 없었다. 그렇다고 병력을 돌려 사신이 말 한대로 노르트 평원으로 갈 수도 없는 노릇이었으니까.

'올리번과 크로멘은 이미 남부에 도달했을지 모른다.'

루온은 조급했다. 그는 분명 똑똑한 사람이었지만 올리번과 얽히게 되면 절대로 질 수 없다는 생각에 이따금 성급해질 때가 있었다.

"화…… 황자님."

아지프는 혹시나 그 조급함에 사신의 목이라도 베는 게 아닐까 걱정스러웠다.

스릉-

하지만 그의 우려와 달리 분노에 찼던 목소리는 차분해졌고 눈빛은 냉정을 되찾았다.

"나 역시 그대들과 전쟁을 일으키고 싶진 않다. 불필요한 피를 보는 것은 싫으니까. 하루의 시간을 주겠다. 내가 바라는 것은 마법구를 통해 이스탄 왕국의 왕과 직접 대화하는 것이다."

"……."

검을 거두는 그의 모습에서 아지프는 그제야 안도의 한숨을 내쉬었다.

"하나 잘 생각해라. 나는 제국을 대표하여 온 것이니 나를 무시하는 것은 곧 제국을 무시하는 것과 같다는 것을. 여전히 너희들의 결정에 수천 명의 백성의 목숨이 달려 있다는 것은 그대로다."

아지프는 그 모습에 소름이 돋는 기분이었다.

'이번 일이 꼭 나쁜 것만은 아니구나. 어쩌면 황자님께서 이일을 통해 성장할 기회가 되실 수도 있다.'

황제의 피를 가장 짙게 물려받았다고 평가되는 루온이었다.

이따금 보이는 성급함은 아직 어리기 때문일지 모른다.

그 단점만 고칠 수 있다면 귀족들은 정복왕이라 불린 타이란 슈테안보다 훨씬 더 많은 땅을 제국의 것으로 만들 수 있을 거라 기대했다.

"그 결정에 따라 이 일이 끝난 뒤에 사라진 목숨들이 또 다른 불씨를 일으키게 될 거라는 것 역시."

아지프는 그의 말에 확신했다.

'이분이야말로 제국에 걸맞은 황제가 되실 분이다.'

대륙의 최강이라 불리는 '제국의 위엄에 어울리는 자'는 '백성의 왕이 될 자'라 불리는 올리번도 유약한 크로멘도 아니었다.

오직, 강인한 힘만이 제국을의 의지를 관철시킬 수 있는 것이었으니까.

"……그리 전하겠습니다."

사신은 천천히 루온에게 허리를 숙이며 인사를 하고는 뒤로 물러났다.

히이이잉……!!

카릴은 언덕 위에서 카르곤의 고삐를 잡아당기면서 아래를 내려다보았다.

"흐음……. 아주 좋은걸."

그는 자신의 기대보다 훨씬 더 루온이 잘 움직여 주고 있다는 생각에 만족스러운 표정을 지었다.

"우려했던 것과 달리 전쟁이 일어나진 않았네요."

"그렇지. 녀석도 머리가 있다면 정면으로 트윈 아머에 병력을 소모할 생각은 하지 않을 것이다. 아마도……."

카릴은 루온의 거점 양옆에 있는 마을들을 가리키며 말했다.

"포로를 잡아 협박하겠지. 그게 직접 공격을 하는 것보다 마르제의 심경을 흔들 방법이라는 걸 알 테니까."

'문제는 협박의 대상이다. 그가 그 포로를 가지고 직접 마르제를 만날 것인지 아니면 이스탄의 왕과 독대를 할 것인지가 중요하겠지.'

카릴은 전생에 루온에 대한 기억은 그다지 많지 않았다. 그가 신탁의 부름을 받고 황궁에 왔을 땐 이미 올리번이 옥좌에 오른 뒤였으니까.

'단지 그가 처절하게 죽어가는 모습은 봤었지.'

단두대의 이슬로 사라지던 그 순간. 그의 눈빛에 남아 있던 분노는 마치 짐승의 것을 보는 것 같아 이민족이었던 자신조차 그를 황자라고는 생각하지 않을 정도였다.

'타이란 슈테안처럼 그 역시 가슴 속에 괴물을 가지고 있는 자다. 과연 그가 얼마만큼 성장했는지가 이번 전투에 관건이 되겠지.'

카릴은 언덕 아래의 루온 진영을 바라보며 생각했다.

"그래도 행여나 그전에 트윈 아머가 열릴까 봐 걱정했는데…… 역시 소문처럼 이스탄의 방패는 다르군요. 제국군을 앞에 두고도 단단하네요."

베이칸의 말에 카릴은 옅은 미소를 지었다.

"맞아. 하지만 사실 믿는 구석도 있었지. 난 적어도 우리의 도착 전에 성문이 열리는 일은 없을 거라고 확신했다."

"네?"

이유는 간단했다. 이스탄 왕국에는 베릴 남작이 있었으니까.

마광산 건으로 인해 그의 입지가 확연하게 높아진 지금 제국의 남하에 대해서 제국군이 트윈 아머 쪽으로 진군한다는 것을 확인하고는 왕에게 말했을 것이다.

　–폐하, 마광산 건이 알려지면 안 됩니다. 마침, 제국군이 트윈 아머로 향하고 있다고 합니다. 마르제 경이라면 설사 제국군이라도 쉽게 공격하진 못할 겁니다.

　–그럼…… 어떻게 하는 것이 좋겠는가.

　–마르제 경의 성격은 대륙에서 유명하옵니다. 그의 요청을 잠시만 거절하십시오. 시간이 지나면 제국은 자연스럽게 조율을 제안할 겁니다. 그때 생각을 하셔도 늦지 않습니다.

비록 과거의 일이긴 하지만 멜브런 전투부터 공국 방어전까지 젊은 시절 그는 참전했던 모든 전투를 승리로 이끌었던 전략가였으니 그의 말은 마광산 건 이상으로 무게가 있었다.

게다가 지레 겁을 먹은 왕국의 대신들은 결국 베릴 남작의 말을 듣고 말았다.

'뭐……. 나로서는 시간만 끌어주면 되니까.'

루온이 삼국을 통과하기 전에 카릴은 마굴을 토벌할 시간을 가지는 것이 중요했다.

바로, 이 순간을 위해서.

'이제 곧 이곳에서 마굴이 열린다.'

한쪽엔 루온의 병력 있고 반대쪽엔 마르제와 아벤의 병력이 대치하고 있었다.

그 사이에 수천의 마을 사람들이 껴 있었으며 그들을 내려다보는 자신이 있었다.

이 세 개의 병력이 한곳에 모일 수 있는 순간이 과연 또 언제 있을까.

루온 황자의 성격과 마르제의 생각 그리고 무능한 약소국의 왕과 자신에게 포섭된 귀족들이 만들어 낸 완벽한 결과물이었다.

카릴은 자신이 완성한 이 이상적인 그림을 느긋하게 웃으면서 바라보았다.

쿠그그그그……

그 순간.

비라도 쏟아질 것처럼 하늘이 어두워지기 시작했다.

'시작되었군.'

카릴이 양쪽에 서 있는 베이칸과 키누를 바라보자 그들은 이미 저 이상 현상이 무엇을 의미하는 것인지 잘 알고 있는 듯 고개를 끄덕였다.

"어떻게 할 셈이지? 우리의 병력이라고는 기껏해야 천 명뿐 이야. 하지만 한쪽은 7만이고 다른 한쪽은 5만인데."

비올라는 카릴의 자유군이 정예병이라는 것은 이제 충분히 알고 있었지만 그렇다고 하더라도 수적으로 차이가 너무 컸다.

그녀는 그의 계획이 궁금했다. 과연, 이런 상황에서 10분의 1도 채 안 되는 병력으로 무엇을 할 수 있을까.

카릴은 그녀의 말에 옅은 미소를 지었다.

그는 루온의 거점 뒤에 흐르고 있는 포나인의 강물을 바라 봤다.

▶Chapter 3◀

"이제 조금만 더 가시면 베스탈 후작령입니다."

"그래. 다들 수고가 많군."

마차 하나 정도 지나갈 수 있을 정도의 좁은 가도(假道). 이 길의 끝엔 야만족이 살고 있는 남부뿐이었기 때문에 왕래를 하는 사람은 거의 없었다.

"황궁 마차로 모시지 못한 점 죄송합니다."

"괜찮네. 자네도 알다시피 나는 마차보다 말을 타고 다니는 게 더 익숙한 사람이잖나."

하룬 자작은 올리번의 말에 감동한 듯 고개를 숙였다.

"……"

마르트는 그런 그의 모습이 신기한 듯 바라봤다.

'예전에 몇 번 저택에 왔었던 기억이 있다. 무척이나 딱딱한 사람이라 뼛속까지 무인이라 생각했는데……. 저분이 저런 표정도 지을 수 있는 사람이었구나.'

국경 지대에서 발사르가와 맥거번가를 보좌하는 역할을 하고 있는 하룬은 크웰 맥거번을 대신하여 이번 올리번의 남부 원정에 기꺼이 참가하게 되었다.

크웰의 추천도 있었지만 일전에 수배령이 내려졌었던 수안 하자르를 검거했을 정도로 능력 있는 무인이었다.

"자네도 고생이군."

"아닙니다. 그저 모시게 되어 영광입니다, 황자님."

"크웰 경의 장남이라고 했지? 자네 형제들은 모두가 뛰어나더군. 넷째의 일은 유감이야."

마르트는 올리번의 눈빛을 바라보며 어쩐지 하룬의 마음을 조금은 이해할 수 있을 것 같은 기분이었다.

'정말 호수같이 깊은 눈이로구나. 이런 말을 하면 불경스럽지만, 폐하에게서는 볼 수 없는 것이야. 아버지도 저 눈빛에 반한 걸까.'

궁금했다. 자신의 아버지는 대륙제일검이라는 최고의 위치에 올라와 있음에도 오직 제국을 위해서 국경이라는 척박한 땅에서도 묵묵히 자리를 지킨 목석같은 사람이었다.

마르트는 사실 형제들에게 알리지 않았지만 이번 원정에서 하룬과 마찬가지로 올리번의 산하에 지원했었다.

어째서 아버지가 적자인 루온이 아닌 서자인 올리번을 택한 것인지 직접 눈으로 보고 싶었기 때문이었다.

"외람된 말씀이오나. 베스탈 후작령을 통해서 남부로 가는 것이 괜찮은 일일지……."

올리번은 마르트의 말에 가볍게 웃었다.

"자네가 걱정하는 것이 무엇인지 알아. 아마도 그는 형님의 명에 이미 출병 준비를 마쳤겠지. 하지만 이 가도를 통해서 남부로 가려면 결국 후작령을 통과할 수밖에 없지."

7만의 대군을 출병한 루온과 달리 올리번은 고작 서른 명의 호위병만을 대동했다.

'베스탈 후작은 무능하다고 할 수 있지만 그의 영지엔 남부 수비를 맡고 있는 등기사단이 있다.'

게다가 후작령엔 2만의 병사가 배치되어 있었다.

남부 수비를 위해 그들을 뺄 수는 없겠지만 적어도 자신들을 방해하기에는 충분한 숫자였다.

'2만 대 30인가……'

비교할 것도 없는 전력 차이였다. 만약, 베스탈 후작이 루온의 명에 마음먹고 올리번을 통과시켜 주지 않으려고 한다면 과연 자신들이 빠져나갈 수 있을까.

'아버님의 말씀대로 만에 하나 내가 황자님을……'

틱-

그때였다.

생각에 잠겼던 마르트는 자신의 어깨를 두들기는 올리번의 손길에 깜짝 놀라며 그를 바라봤다.

"얼굴에 고민이 다 보여. 자네의 물음처럼 지금도 무엇을 걱정하는지 잘 알겠어. 하지만 자네가 해야 할 일은 그게 아니라 내 호위잖아."

"……예?"

"고민하고 해결을 하는 건 기사가 아니라 왕의 몫이니까."

순간, 마르트는 온화하게만 보였던 그의 눈빛에서 범접할 수 없는 위엄을 느꼈다.

"화, 황공하옵니다, 황자님."

그는 자신도 모르게 고개를 숙였다.

"기다리고 있었습니다."

그때였다.

가도의 코너를 돌자 보랏빛의 갑옷을 입은 한 무리의 기사들이 올리번을 기다리고 있었다.

"……!!"

그 순간, 마르트는 놀라지 않을 수 없었다. 선두에 선 사람은 다름 아닌 등(藤)기사단의 부단장인 제르반그 경이었다.

'설마……'

어째서일까. 깊이를 알 수 없는 올리번의 모습에서 하룬 자작과 같은 경외심이 아닌 그는 두려움이 느껴졌다.

로드 타워(Lord Tower).

와아아아아아--!!

와아아아--!!

사방에서 귀를 찢을 듯한 고함이 들렸고 연이어 깃대를 바닥에 찍어대는 것이 마치 지진이라도 일어난 것처럼 땅이 울렸다.

"……."

성벽 위에서 당장에라도 돌진을 하려는 것처럼 기세를 올리고 있는 제국군을 바라보며 마르제는 수심 깊은 한숨을 내쉬었다.

"왕궁은?"

"아직 별다른 기별이 없습니다. 토의 중이라는 답변만 계속 돌아올 뿐입니다."

"멍청한……! 책상머리에만 앉아 있으니 전황을 알 턱이 있나."

덥수룩한 수염을 쓸어 넘기며 그는 전방을 바라봤다.

비록 소드 마스터의 경지에는 오르지 못했지만, 백전노장인 마르제는 결코 제국군이 두렵거나 하지 않았다. 단지 자신에게 보란 듯이 성 앞에 집결시켜 벌써 한나절이 넘도록 포박을 한 채로 세워둔 국경 지대의 백성들이 마음에 걸릴 뿐이었다.

"터틀 캐슬에서는 전갈이 왔더냐."

"네. 저희 쪽만 수락한다면 문을 열 용의도 있다고 합니다."

"능구렁이 같은 녀석. 지금까지 트윈 아머가 삼국의 방패가 될 수 있었던 것은 내부의 모습을 극비로 지키고 있었기 때문이다. 저들을 들인다는 건 우리의 약점을 그대로 보여주는 것과 다름없는데."

아벤 역시 애초에 통과시킬 생각이 없었다. 마르제는 아벤이 자신이 절대로 타워의 문을 열지 않을 것이라는 걸 알고 이런 말을 한 것이 틀림없다고 생각했다.

전적으로 자신에게 모든 걸 떠넘기기 위해서 선수를 친 것이다.

'제국에 밉보이지 않고 자신의 왕국을 지킬 방법이니까. 잔머리를 쓰는 건 왕궁 녀석들만이 아니군.'

그는 아벤이 못마땅했지만 애초에 그런 자신의 성미와는 맞지 않은 일이었다.

"언제든 출전할 수 있도록 준비하도록 하라."

"알겠습니다."

부관은 그의 말에 고개를 끄덕였다.

쿠그그그그……

그때였다.

갑자기 맑았던 하늘이 순식간에 어두워지기 시작했다.

"비가 올 거라는 보고는 없었는데……"

부관은 어리둥절한 표정으로 중얼거렸다.

하지만 누가 봐도 저것이 단순한 먹구름이 아니라는 것쯤은 알 수 있었다.

"자, 장군님!!"

갑작스러운 기현상과 함께 로드 타워 소속의 마법사가 황급히 그를 찾는 외침이 들렸다.

"마…… 마굴입니다!!"

루온 진형.

이유도 없이 붙잡혀 온 백성들은 논바닥에서 고개도 들지 못한 채 무릎을 꿇고 그저 무엇이든 이 상황의 결과가 빨리 나오길 바랄 뿐이었다.

'도대체 왜…….'

'빌어먹을 어째서 우리가…….'

속으로는 온갖 욕을 퍼붓고 있지만 그래 봐야 자신들은 힘없는 백성일 뿐이었다. 가뜩이나 이번 추수 때 세를 높인다는 말에 원망스러웠는데 지금은 그런 불만이 사치였다는 것을 깨달았다.

이제는 목숨이 오락가락하는 상황이니까.

가까스로 보릿고개를 지나 이제 겨우 추수를 할 수 있다고 생각한 논 위에 공들여 기른 곡식들을 밟고 서 있는 심정은 찢어질 것 같았다.

"내가 원망스러운가."

루온은 그들을 바라보며 말했다.

하지만 누구 하나 대답을 하는 사람은 없었다. 행여 입이라도
뻥긋하는 순간에 목이 달아날 것을 그들은 잘 알고 있었으니까.

"원망하려거든 내가 아닌 저들을 원망하거라. 제국의 반하
는 만용을 부렸으니까."

약속한 하루가 지나자 그는 더 이상 기다릴 수 없다는 듯 아
지프를 바라보며 말했다.

"대열을 정비하라."

그의 말이 끝남과 동시에 타워를 향해 깃대를 흔들고 소리
를 치던 병사들의 외침이 일제히 멈췄다.

긴 정적이 감돌았다.

하지만 그 침묵이 앞으로 있을 맹렬한 전투를 알리는 신호
라는 것을 모두 알고 있었다.

"황자님, 그러면 이들은……"

"제국이 소국에게 제공할 수 있는 모든 배려를 나는 하였다.
그럼에도 받아들이지 않는다는 것은 이들의 미래도 저들과 똑
같다는 말이겠지."

붙잡힌 백성들은 루온을 바라보며 소리쳤다.

"사…… 살려주십시오!!"

"황자님!!"

"목숨만은……!!"

서걱-

그들의 외침에 대한 대답으로 루온은 표정 하나 변하지 않

고서 가장 옆에 무릎 꿇고 있던 남자의 목을 베었다.

"흐…… 흐이익!!"

"꺄아악!!"

루온은 차갑게 말했다.

실상은 관심도 없지만 마치 어쩔 수 없다는 듯 연기를 하듯 그는 중얼거렸다.

"나는 너희들의 목숨이 아까워 제안했던 것이나 아쉽게도 저들은 너희들의 목숨이 아깝지 않은 것 같으니 어쩌겠는가."

루온이 손을 들어 올렸다.

척-!! 처척--!!

차아악--!!

루온이 손을 들어 올리자 포로의 주위를 지키고 있던 병사들이 일제히 무기를 겨누었다. 도망을 칠 구멍도 보이지 않았다.

포로들은 망연자실한 얼굴로 이제 곧 자신의 심장을 꿰뚫을 날카로운 날을 바라볼 뿐이었다.

"……."

그가 손을 내리면 그들의 목숨은 끝날 것이다.

천천히 루온의 손이 내려가는 순간.

그때였다.

쿠그그그그그그……!!

갑자기 세상이 정전이라도 된 것처럼 어두워지더니 순식간에 하늘에 먹구름이 꼈다. 마치, 밤이 찾아온 것 같은 어둠에 내려가던 루온의 손이 멈추었다.

"뭐지?"

루온은 자신의 머리 위로 느껴지는 을씨년스러운 느낌에 굳은 얼굴로 하늘을 바라봤다. 사람들은 자신의 목숨을 앗아갈 뻔했던 그의 팔이 멈춘 것에 안도했지만 그 평온은 얼마 가지 않았다.

뭔가 이상하다.

"……!!"

마치, 비처럼 떨어지는 무언가.

그것을 본 순간 하늘을 응시하던 루온의 눈동자가 커졌다.

내리던 손이 다급하게 다시 하늘을 가리켰다.

파르르 떨리는 입술로 그가 소리쳤다.

"쏴…… 쏴라!!"

그가 가리킨 건 구멍이라도 뚫린 것 같은 하늘에서 까마득하게 쏟아지는 몬스터들이었다.

쿵-!! 쿠우웅--!!

하늘에서 낙하하는 몬스터의 정체를 본 순간 제국군이나 트윈 아머나 할 것 없이 모두가 경악을 금치 못했다.

공포로 굳어져 넋이 나간 얼굴로 하늘을 바라보던 사람들의 머리 위로 무언가가 확- 날갯짓을 하면서 지나쳤다.

콰드득.

뼈가 부러지는 듯한 소리와 함께.

"아아악-!!"

비명이 아련하게 하늘로 멀어졌다.

쿵……!! 쿵……! 쿵!! 콰아앙……!!

불과 몇 초가 지나고 난 뒤에 갈기갈기 찢겨 토막이 난 사람들의 시체가 마치 비처럼 하늘에서 떨어졌다.

"꺄아아악!!"

"으아악!!"

머리 위로 떨어지는 살점들과 핏물에 사람들은 미친 듯이 소리치면서 도망치기 시작했다.

[키륵…… 키르륵!!]

[키키킥!!]

하늘을 가득 채운 하피 떼들이 공포에 찬 그들의 모습이 즐거운 듯 웃어 재끼기 시작했다.

쿠그그그그…….

구그그…….

하피들을 쏟아 냈던 하늘에 뚫린 거대한 차원문이 서서히 아래로 내려오더니 제국군과 트윈 아머 사이에 거울처럼 직각으로 세워졌다.

우우웅-

차원문이 지면과 연결되듯 이어지더니 거대한 동굴의 형태가 만들어지기 시작했다.

"말도 안 돼……."

백전노장인 마르제조차 S급 마굴이 생성되는 모습을 눈으로 직접 목격하는 것은 처음이었다.

"공격하라!!"

트윈 아머의 병사들은 성 밖에서 화살과 마법 포격으로 응전했지만 성을 향해 오는 괴물들을 상대하는 것만으로도 벅찼다.

"장군님……!! 제국군이 후퇴하고 있습니다!!"

"전방의 사람들이……!!"

갑작스러운 마굴의 등장에 제국군은 일말의 망설임도 없이 중앙에 잡아 놓았던 포로들을 버리고 포나인 강가 쪽으로 전선을 빠르게 후퇴하고 있었다. 성한 몸으로도 몬스터에게서 도망치는 것은 결코 쉬운 일이 아니었다.

"아아악……!!"

"아악!!"

"사, 살려줘……!!"

그런데 엎친 데 덮친 격으로 팔다리가 포박되어 있던 사람들은 제대로 몸도 가누지도 못한 채 몬스터들의 이빨에 유린당하고 있었다. 백성들의 비명이 성안까지 밀려들어 왔다.

빠득-

마르제는 그 광경에 자신도 모르게 이빨을 갈았다.

'뭐가 이스탄의 방패란 말이냐……!!'

눈앞에 백성들이 죽어 가는 것을 보면서도 마르제는 쏟아지는 몬스터들에 성문을 열 엄두도 내지 못했다.

말 그대로 아비규환(阿鼻叫喚)이었다.

[크오오오오--!!]

하지만 그것이 끝이 아니었다. 갑자기 울리는 거대한 울음소리에 신나게 하늘을 날던 하피들이 겁을 먹은 듯 비둘기 떼처럼 황급히 흩어지기 시작했다.

쿠웅…… 쿠웅…… 쿵……!!

발걸음이 움직일 때마다 지축을 흔들리는 소리가 들렸다. 마굴의 입구에서 모습을 드러낸 몬스터.

거대한 도끼와 날카로운 두 개의 뿔.

[푸르르……]

숨을 내뱉을 때마다 씰룩이는 입술 사이로 흐르는 침이 바닥에 뚝뚝 떨어졌다.

"미, 미노타우르스?!"

병사들은 마물의 등장에 놀라 소리쳤다.

"제, 제길……! 이게 무슨 꼴이란 말이야!!"

루온은 갑작스럽게 벌어진 이 사태에 어처구니가 없다는 듯 소리쳤다.

"그나마 다행입니다. 포로로 잡아뒀던 자들이 방패가 되어 몬스터들의 진격을 막고 있습니다. 이대로 전선을 물리면 몬스터들은 저희 쪽이 아닌 트윈 아머 쪽으로 방향을 잡을 겁니다."

아지프는 상공에서 생성된 차원문이 점차 아래로 하강하며 거대한 마굴을 만들기 시작하는 것을 바라보며 생각했다.

"저희들이 아니더라도 저 정도의 마굴이라면 트윈 타워라 할지라도 큰 피해를 감수해야겠지요. 조금 시간이 걸리겠지만 병력의 손실 없이 성을 넘어갈 수 있을 것 같습니다."

"제길, 이런 식이라면 아버님을 뵐 낯이 없다."

루온은 자신의 의지와 상관없이 일어나는 이 상황이 마음에 들지 않은 듯 말했다.

'그런데 미노타우르스라니……. S급 마굴이 그 어떤 전조도 없이 이렇게 갑자기……? 분명 상급 마굴은 그전에 하급 마굴들이 생성된 이후에 나타나는데…….'

이렇다 할 보고를 받은 것도 없었다.

아지프는 이해할 수 없다는 표정으로 뒤를 돌아봤지만 죽어 가는 사람들의 모습에 고개를 돌렸다.

'어쩔 수 없는 일이야.'

그래, 그들로서는 억울하겠지만 어쩔 수 없는 일이다. 어차피 이런 일이야 수없이 겪었던 일이잖은가.

아지프는 그렇게 자신을 다그쳤다.

히이이이잉……!!

그때였다. 선두에 선 말들이 갑자기 멈추면서 울음소리가
들렸다. 잘린 하피의 목이 사방에 떨어져 있었다.

"제국의 황자의 진짜 모습은 이런 건가."

나지막하게 들리는 목소리.

"누, 누구냐!!"

고개를 돌리자 목이 잘린 하피 시체가 쌓여 있는 위에 앉아
있는 소년이 보였다. 갑자기 나타난 그의 모습에 기사들은 황
급히 루온을 보호하며 소리쳤다.

저벅- 저벅- 저벅-

시체의 산에서 내려와 카릴은 천천히 걸음을 옮겼다. 어찌
된 영문인지 기사들은 그가 다가오고 있음에도 불구하고 그
를 저지하지 못했다.

압도되는 느낌.

검집에서 검을 뽑지 못한 채 기사들은 그저 긴장된 얼굴로
그를 바라봤다.

"왕이 될 자라는 녀석이 백성을 방패막이로 쓰고 도망치
는 건……."

정적이 흘렀다.

"루온."

카릴은 고개를 들어 그를 바라봤다.

"단순히 이기적인 판단이냐."

자신의 이름을 아무렇지 않게 부르는 카릴의 모습에 황자는 군은 얼굴로 그를 노려봤다.

"아니면……."

앳되어 보이는 모습이었지만 그의 입에서 나오는 말투는 전혀 그렇지 않았다.

카릴은 입꼬리를 올리며 물었다.

"쫄았냐?"

그 순간 황자의 얼굴이 일그러졌다.

"이…… 개새……!!"

루온은 차마 황자로서 담기 어려운 말을 뱉으며 허리에 차고 있던 검을 뽑으며 소리쳤다.

턱-

그러나 그의 검은 끝까지 뽑히지 못했다.

"……!!"

놀랍게도 아무렇지 않게 기사의 포위를 뚫고 카릴이 루온의 검 손잡이를 손가락으로 밀었다.

"이, 이게!!"

안간힘을 썼지만 움직이지 않는 검에 루온은 당황한 듯 소리쳤다.

"네놈!!"

찰나의 순간이었다. 유일하게 기사 중 아지프만이 카릴에게 반응하여 황자와 그의 사이를 갈라놓았다.

차아앙--!!

있는 힘껏 아래에서 위로 검을 쳐올렸다. 쇠붙이가 부딪히는 날카로운 소리와 함께 두 사람의 거리가 벌어졌다.

"정체를 밝혀라. 감히 어느 안전이라고 이토록 무엄한 짓을 저지르느냐."

아지프가 검에 마나 블레이드(Mana Blade)를 불어 넣었다. 특유의 뇌속성의 전격이 번뜩이며 검날이 불타오르기 시작했다.

"흐음."

카릴은 그 모습을 바라보며 가볍게 탄성을 질렀다.

"마나 블레이드의 위세가 대단하군. 최상급 소드 익스퍼트의 경지라고 들었는데. 아마도 제국에서도 총단장인 벨린 발렌티온과 크웰 맥거번을 제외하고 가장 강한 기사겠지."

카릴의 말에 아지프의 얼굴이 굳어졌다. 자신의 검을 보고도 아무렇지 않게 대할 수 있는 사람이 과연 몇이나 될까. 게다가 그의 뒤에는 7만의 대군이 있었다.

소드 마스터라 할지라도 이런 미친 짓은 하지 않을 것이다. 하지만 그의 눈에 지금 이 정체를 알 수 없는 소년은 오히려 자신을 보고 즐기는 것 같았다.

"그런 힘을 가지고 도망치는 건가? 고작 미노타우르스에게? 비록 S급 마물이라고는 하지만 7만 대군이 공략하지 못할 마굴은 아닐 텐데."

그리고 그 느낌이 맞았다.

"황실 친위대라는 명성이 아깝군. 크웰 맥거번이었더라도 과연 이랬을까?"

비아냥거리듯 자신들을 향해 말하는 소년의 말에 아지프의 얼굴이 굳어졌다.

"닥쳐라!!"

냉정을 유지하던 그가 결국 크웰의 이름이 거론되자 참지 못하고 카릴을 향해 달려들었다.

파즈즈즉……!!

검날의 전격이 사방으로 뿜어져 나왔다. 아지프의 검이 샛노랗게 빛나면서 뜨겁게 달궈진 듯 열기를 뿜어냈다.

그의 몸이 활처럼 휘면서 두 손으로 쥔 검을 위에서 아래로 카릴을 향해 정확히 그었다.

카릴이 뒤로 물러나자 굉음과 함께 그의 검이 바닥에 박혔다.

타다당--!!

바닥에 꽂힌 아지프의 검을 있는 힘껏 카릴이 발로 차자 그의 몸이 휘청거리면서 흔들렸다.

"크윽!!"

하지만 실력 있는 기사인 그는 카릴의 단발 공격에도 넘어지지 않고 그 반동을 이용해서 다시 한번 검을 그었다.

순간.

카릴이 아지프의 영역 안으로 순식간에 파고들었다.

"……!!"

그가 반응하기도 전에 카릴은 보란 듯이 그의 검을 튕겨 내며 비어 있는 공간으로 검을 찔러 넣었다.

1번째 왕관 자세(Crown Posture).

카릴의 검이 아지프의 가슴을 베기 직전.

그는 검을 물리며 검날 대신 주먹을 쥐었다가 펼치며 손바닥으로 그의 가슴을 밀었다.

콰아앙--!!

두 사람 사이에서 공기가 폭발하는 듯 굉음이 터져 나왔다.

뒤로 물러선 아지프의 검날의 전격이 마치 산화되는 것처럼 희뿌연 연기와 함께.

타닥- 타닥-

소리가 들렸다.

'내 검을…… 받아냈다?'

전력을 다한 공격이었다. 그럼에도 불구하고 상대방에게서는 여유가 느껴졌다.

'정체가 뭐지……?'

알 수 없는 압박감. 이건 소드 마스터인 크웰 맥거번과 벨린 발렌티온에게서도 느껴 본 적이 없는 기세였다.

마치…… 인간의 것이 아닌 것 느낌.

아지프는 본능적으로 눈앞에 있는 상대가 위험하다는 것을 깨달았다.

"부…… 붙잡아!!"

두 사람의 거리가 벌어지자 루온은 다급하게 외쳤다. 그러자 호위하던 기사들이 일제히 카릴을 향해 달려들었다.

"크아아아아--!!"

"와아아아--!!"

아지프의 경지에는 못 미치지만 루온을 따라온 기사들은 금(金)기사단 내에서도 손에 꼽히는 정예들이었다. 저마다 실력에는 자신이 있었다.

게다가 이번에 징집된 금기사단의 수는 모두 30명. 소드 마스터라 할지라도 이들을 일제히 상대하는 것은 쉬운 일이 아닐 것이다.

"머…… 멈춰!!"

그러나 아지프는 자신의 기사들을 향해 소리쳤다. 그들로서는 역부족이라는 것은 단 한 번 검을 섞은 것만으로도 그는 알 수 있었다.

파악-!

카릴이 주먹을 바로 앞에 있는 기사의 옆구리를 있는 힘껏 꽂아 넣자 둔탁한 소리와 함께 무언가가 부서지는 소리가 들렸다.

"아아악!!"

갑옷 위에 찔러 넣은 주먹이 부서진 게 아닐까 싶었지만 비명을 지르는 것은 카릴이 아닌 기사였다.

"컥…… 커컥."

쇳소리를 내는 것처럼 제대로 숨도 쉬지 못하는 기사는 카릴의 앞에서 몸을 부르르 떨더니 그대로 고꾸라지고 말았다.

"……."

"……."

일격을 맞은 기사의 깨진 갑옷 파편이 바닥에 떨어진 것을 보며 기사들은 넋이 나간 표정으로 카릴을 바라봤다.

'저 마력은 도대체 뭐야……?'

어느 정도 경지에 오르면 마나 블레이드를 검이 아닌 자신의 신체에도 적용할 수 있긴 하다.

파즉…… 파즈즉…….

하지만 보랏빛의 전격을 뿜는 마력을 처음이었다. 그도 그럴 것이 이곳에 있는 자 중에 비전력에 대해서 아는 사람이 아무도 없었다.

단 일격에 동료가 쓰러지자 기사들은 섣불리 카릴에게 다가갈 엄두를 내지 못했다.

"진정해. 나는 너희들과 싸우려고 온 것은 아니니까. 뭐, 내가 조금 도발을 하긴 했지만 천 명이 넘는 사람 목숨을 내다버리고 가는데 이 정도 쓴소리는 들어야지. 안 그래?"

카릴은 쓰러진 기사를 한쪽 발로 밟고서 말했다.

"너희 제국 놈들은 앞으로도 더 많은 목숨을 그렇게 내다버릴 게 분명하거든."

"……뭐?"

루온은 그의 말에 이해할 수 없다는 듯 인상을 구겼다. 7만의 대군이 고작 한 사람에게 막혔다. 있을 수 없는 일이 일어나고 있었다.

그럼에도 불구하고 이 한 명을 뚫을 만한 자신감이 쉽사리 들지 않았다.

"적어도 당신보다 늙은 방패가 더 기사다운 것 같군."

콰아아앙--!!

콰가강--!!

후방에서 들려오는 폭음 소리. 지금까지 굳게 닫혀 있었던 로드 타워의 성문이 열리며 선두에 선 마르제의 모습이 보였다.

"모든 기사는 마굴의 몬스터를 막는다!! 병사들은 포로들을 구출하는 데 주력하라!!"

그가 거대한 철퇴를 휘두르며 마굴에서 쏟아지는 몬스터들을 상대했다.

트드드득--

기세를 몰아 터틀 캐슬의 성문이 열리고 다리가 내려오자 그 안에 있던 트바넬의 병력도 쏟아져 나왔다.

"마르제는 그렇다 쳐도 아벤은 좀 의외인데. 성을 끼고 수비하는 게 가장 좋은 방법인데 저 늙은이마저 결국 나오고 말다니 말이야."

그렇게 말했지만 카릴은 마르제와 아벤의 결단이 싫지 않은 표정이었다.

"온정에 휩쓸린 건지는 모르겠지만, 너희들 생각대로 몬스터에 의해서 트윈 아머의 병력이 줄어들긴 하겠어. 하지만 그 대신 살아남은 사람들은 너희에 대해서 말하겠지."

카릴은 루온을 지나치며 나지막하게 말했다.

"추악한 겁쟁이들이라고."

"싸워라!! 싸워!!"

"1, 2, 3열의 방패병은 대형을 유지한다!! 사람들이 도망칠 때까지 절대로 몬스터들이 방패를 넘어오지 못하게 막아!!"

아벤의 외침에 따라 로드 타워와 터틀 캐슬, 너 나 할 것 없이 병사들은 마치 훈련이라도 했던 것처럼 그의 지시를 따랐다.

마르제와 아벤은 오랜 세월 서로 싸웠던 적이었던 만큼 서로의 병력에 대해서 속속들이 잘 알고 있었다.

"검병조는 마법사들의 호위를 맡는다!!"

"창병!! 앞으로!!"

서로 말을 맞추지 않아도 마르제가 마굴의 입구로 기사단을 몰고 가자 아벤은 자신의 기사단을 그에게 내어주었다.

그 대신 로드 타워의 병사들은 아벤의 지휘를 따랐고 부관들 역시 망설임 없이 그의 지시를 따랐다. 자신의 병력을 아무렇지 않게 맡길 수 있다는 것은 결코 쉬운 일이 아니었다.

하지만 수십 년간 전장에서 만나 서로 검을 섞었기에 얻을 수 있었던 특이한 믿음.

'로드 타워와 우리 쪽의 기사를 모두 합쳐봐야 50명이 조금 넘을 뿐이다. 마르제가 있다고는 하지만 아슬아슬하군.'

단순히 믿음이 근거가 되어 두 성의 기사단이 합동 공격을 하는 것은 아니었다. 그만큼 미노타우르스는 50명의 기사로도 버거운 몬스터였기 때문이다.

"왼쪽이 비었다!! 터틀 캐슬의 병력을 불러!"

"네? 하지만 제국군이 있는 상황에서 성의 병력을 더 뺐다가는……."

"어차피 성문을 연 순간 이미 뒤를 생각할 수도 없다. 마르제 저 늙은이가 나섰으니 어쩔 수 없어! 무슨 일이 있어도 우린 사람들을 대피시킨다."

"알겠습니다!"

아벤은 만약 자신이 마르제였다면 성문을 열 생각은 절대로 하지 않았을 것이다. 단순히 몬스터가 문제가 아니었다.

그 뒤에 있을 7만의 제국군이 자신들을 노릴 것이 분명했으니까.

"나도 늙었나 보군……. 저렇게 하지 않으면 저 인간이 아니지."

어쩐지 그런 마르제의 행동이 아벤 역시 썩 마음에 들지 않는 것은 아닌지 피식- 웃었다.

'그건 그렇고 어째서 제국군 놈들이 움직이지 않고 있는 거지? 전선을 물렸다가 몬스터들과 함께 성을 칠 거라고 생각했

는데……'

포로를 버리고 빠지는 것까지는 그의 예상대로였다.

하지만 포나인 강가 근처로 전선을 빼고 난 뒤에 어째서인지 제국군의 이동이 멈추었다.

'무슨 일이라도 생긴 건가.'

하지만 전투로 바쁜 지금 제국군의 상황까지 확인할 방법은 없었다.

[크르르르르르……!!]

그때였다.

괴성과 함께 순간적으로 시야가 어두워졌다. 아벤이 위를 쳐다보자 마치 단두대의 도끼가 내려오는 것처럼 자신을 향해 떨어지고 있었다.

콰아아앙--!!

굉음과 함께 주위에 있던 병사들이 튕겨 나갔다. 말에서 떨어져 바닥을 구르던 아벤이 황급히 바닥을 움켜쥐며 소리쳤다.

"빌어먹을!! 마르제는 도대체 뭘 하고 있는 거야!! 어째서 이놈이 여기에……!!"

아벤은 눈앞에 나타난 미노타우르스를 바라보며 소리쳤다.

그러나 고개를 돌렸을 때 마굴의 입구에서 또 다른 미노타우르스와 싸우고 있는 그를 볼 수 있었다.

'S급 몬스터가 두 마리나 동시에……?!'

언뜻 보기엔 마굴의 입구가 하나처럼 보였지만 통로처럼 연결되어 있는 두 개의 양쪽 구멍에서 동시에 몬스터들이 리스폰 되고 있었다.

최악이었다. 한 마리도 버거운 상황에서 두 마리의 미노타우르스를 상대할 수 있는 기사의 수가 턱없이 부족했기 때문이다.

"제길……!! 성의 병력은!!"

"그게 아직……."

아벤은 미노타우르스의 도끼에 완전히 와해가 돼버린 왼쪽 병력을 보며 소리쳤다.

"사, 살려줘!!"

"으아악!!"

본진 안쪽까지 들어온 몬스터에 사람들은 허둥지둥 도망치기 시작했다. 혼란으로 인해 병사들과 백성들이 뒤엉켜 진형조차 제대로 유지되지 않았다.

'이대로라면 위험하다.'

아벤은 부러진 지휘봉은 던져 버리고는 검을 뽑았다.

'최악의 상황이라면 내가…….'

마르제에 비할 바는 아니지만 그 역시 기사단의 단장이었다. 일선에서 물러났다고는 하지만 자신을 제외하고 미노타우르스를 상대로 시간을 벌 수 있는 자는 몇 되지 않았다.

그때였다.

콰아아앙-!!

날카로운 송곳처럼 몬스터 무리의 후방을 찌르는 병력이 있었다. 엄청난 돌파력으로 병력은 수백 미터를 질주하며 순식간에 미노타우르스가 있는 안쪽까지 파고들었다.

'저건…… 누구지?'

갑작스럽게 나타난 일대의 병력에 아벤은 정신을 차릴 수 없었다. 기사단이라 할지라도 이렇게 빠른 속도로 몬스터를 쓸어버리기는 힘들 것이다.

"……!!"

그 순간 그의 눈에 들어온 한 사람이 있었다.

'저 사람은…… 비올라 왕녀?'

예전에 왕국에서 열리는 연회에 참석했던 기억을 떠올렸다. 어렸을 적에 봤던 얼굴이 아직 남아 있어 아벤은 그녀를 쉽사리 알아볼 수 있었다. 게다가 그때도 그녀의 옆을 지켰던 그레이스를 보며 확신을 할 수 있었다.

'펜리아 왕국에서 지원군이 온 건가……? 하지만 어째서 왕녀가 직접…….'

아벤은 황급히 주위를 살폈다. 그녀와 그레이스를 따르는 몇 명의 기사들을 제외하고 나머지 병력은 처음 보는 무장을 하고 있었다.

'저런 부대가 있었던가?'

검은색의 가죽 갑옷과 푸른빛이 나는 무구를 들고 있는 병사들의 기세는 어쩐지 예사롭지 않았다.

그들이 누군가는 중요하지 않았다. 순식간에 몬스터를 정리하는 불명의 군대에게 그저 감사할 따름이었다.

'덕분에 살았구나.'

주위의 몬스터가 정리되자 혼란에 빠졌던 병사들도 전열을 가다듬기 시작했다. 부대가 터준 길을 따라 남아 있던 백성들도 트윈 아머의 안전지로 도망칠 수 있었다.

'서둘러 전열을 가다듬어야 한다.'

고비는 넘겼지만 아직 가장 큰 적이 남아 있었다.

[크오오오--!!]

미노타우르스의 포효에 병사들이 황급히 무기를 들고서 녀석의 주위를 에워싸기 시작했다.

"막아라!! 마르제의 기사단이 돌아올 때까지 절대로 선 안으로 녀석이 들어가지 못하도록 해야 한다!"

아벤은 병사들을 독려했지만 상황은 좋지 않았다. 기사단이 빠져 있는 상황에서 일반 병사들로 미노타우르스를 막는 것은 사실상 불가능한 일이었다.

그저 지금 할 수 있는 것은 최대한 시간을 버는 일이라 생각했다.

"그럴 필요 없습니다. 병사를 물리세요."

그의 옆으로 다가온 비올라가 굳은 얼굴로 말했다.

어쩐지 말을 하고 있는 그녀의 얼굴에서도 놀라움이 느껴지고 있었다.

"예?"

그때였다.

"……?!"

아벤은 조금 전까지 날뛰던 미노타우르스가 어쩐 일인지 움직이질 않고 몸을 부르르 떨고 있는 것을 깨달았다.

그 순간 그녀가 했던 말에 대한 의문에 대한 대답은 경악으로 다가왔다.

"흐음."

그의 눈에 미노타우르스의 어깨에 올라타 여유로운 표정으로 녀석의 목덜미를 움켜쥐고 있는 카릴의 모습이 꽂혔기 때문이다.

차르르륵--!!

미노타우르스의 목덜미를 움켜잡고 있던 카릴은 얼음 발톱을 허리에 차고 그 대신 아그넬을 꺼내 들었다. 다른 사람에게는 그 짧은 단검이 단단한 몬스터의 껍질이나 뚫을 수 있을까 의아해 보이지만, 온전한 청린으로 만들어진 아그넬은 알른자비우스조차 인정한 무구였다.

'S급 마물이지만 녀석의 구조는 결국 짐승과 다를 바 없다. 가장 취약점은 환추골과 축추골 사이의 관절.'

카릴이 아그넬을 잡은 손에 마나를 주입하자 우윳빛의 오러가 단검의 날에 응축되었다.

푹-!! 푹! 푹!! 서격--!!

인정사정없이 그는 있는 힘껏 미노타우르스의 목덜이에 단

검을 박아 넣었다.

　파즉즉……!! 파즈즈즈즉……!!

　오러가 뿜어져 나오는 검날에 비전력을 쏟아붓자 마치 전기로
지진 것처럼 단검이 박힌 자리에서 보랏빛의 전격이 번뜩였다.

　[크우우우오오오오오--!!]

　척추를 타고 흘러내리는 뜨거운 고통에 녀석은 비명 아닌
포효를 지르며 요동치기 시작했다.

　"피해!!"

　"모두 물러서!!"

　마치 투우사처럼 오른발로 미노타우르스의 머리 위를 밟고
녀석의 갈기를 움켜쥐고서 연신 검을 찔러대는 카릴의 모습에
병사들을 넋을 놓고 바라보다가 황급히 흩어지기 시작했다.

　'움직임을 봉쇄한 다음에는 가시돌기 양쪽에 있는 근육에
손상을 주어 반격을 못 하도록 만든다.'

　쩌저적-!

　박아 넣은 단검을 비틀자 기분 나쁜 소리와 함께 미노타우
르스의 붉은 근육들이 적나라하게 나타났다.

　부드득……!!

　콰득!!

　카릴이 녀석의 껍질을 잡아당기자 목덜미에서 등까지 이어
지는 뼈 양쪽으로 마치 숨을 쉬듯 움직이는 살점들이 보였다.
카릴은 가차 없이 그 안으로 검을 찔러 넣었다.

[크아아아아아……!!]

그가 검을 휘저을 때마다 마치 도축을 하는 것처럼 사방으로 녀석의 살점들이 떨어져 나갔다.

"우악……!!"

"와아아악……!!"

병사들은 머리 위로 쏟아지는 살덩이와 붉은 피에 소리치며 물러섰다.

쿠웅……!!

어깨뼈 안쪽까지 근육들이 모두 잘려 나가자 미노타우르스는 거친 숨을 몰아쉬며 들고 있던 도끼를 바닥에 떨어뜨렸다.

'마지막으로 늑골 안쪽에 타격을 주면……'

카릴은 비틀거리는 녀석의 어깨를 밟고 뛰어내리면서 아그넬을 입에 물고 얼음 발톱을 꺼냈다.

푸우욱……!!

서걱-!

바닥에 착지하기 전에 카릴이 미노타우르스의 갈비뼈 안쪽으로 검을 박아 넣고는 몸을 회전하며 있는 힘껏 가로로 그었다.

살점이 잘려 나가는 섬뜩한 소리와 함께 녀석의 옆구리에서 붉은 피가 쏟아져 나왔다.

[쿠우우오오오……!!]

고통에 찬 미노타우르스는 카릴에게 반격을 하려고 했지만 이미 양팔의 근육이 모두 잘려 나간 터라 도끼도 들 수 없는 상황에 녀석은 그저 고통으로 울부짖을 뿐이었다.

'대단하다······.'

아벤은 카릴의 싸움을 보며 순수한 마음으로 감탄하지 않을 수 없었다.

기사단이 달라붙어도 이기기 어려운 마물을 순차적으로 약점을 노려 순식간에 사냥해 버리는 카릴의 모습은 단순히 노련하다는 말로는 부족했다.

"마무리를. 녀석의 머리를 잘라 깃대에 올려 제국 녀석들에게 보여주도록 하죠."

바닥에 착지한 카릴은 아벤을 향해 말했다.

마지막 아킬레스건까지 자르는 것을 잊지 않은 카릴 때문에 미노타우르스는 중심을 잃고 쓰러진 채로 바둥거리고 있었다.

'이, 이렇게 어린 소년이었나?'

아벤은 가까이서 카릴을 보고서 감탄 이후에 진심으로 놀라고 말았다.

"아, 알겠네. 뭣들 하느냐!! 지금 당장 미노타우르스의 목을 잘라라!!"

와아아아아--!! 와아아--!!

정신을 차린 듯 아벤은 황급히 고개를 끄덕이며 병사들에게 명령 내리자 그들은 기다렸다는 함성을 지르며 쓰러진 마물의 목을 베었다.

성인 남성의 키만 한 미노타우르스의 머리가 눈을 부릅뜬 채로 잘려 나갔다.

"정말 대단하군. 그런 사냥법은 난생처음 보는데……. 어찌 그리 마물에 대해서 잘 아는지 놀랍구려. 다시 한번 저희를 구해주신 것에 대해 진심으로 감사를 전하오."

아벤은 검의 손잡이를 위로 하고 두 손을 마주 잡고는 카릴에게 예를 다했다.

비록 약소국이나 마르제와 아벤은 대륙에서 명성이 자자한 기사들이었다. 자신의 생각이 옳다고 판단이 되면 왕의 명령까지 번복할 수 있을 정도의 위세를 가진 자가 카릴에게 예의를 갖추었다는 것은 그를 인정한다는 뜻이기도 했다.

"별말씀을."

하지만 카릴은 쓴웃음을 지었다.

마물의 약점을 순차적으로 꿰뚫고 하나하나 움직임을 봉쇄해가는 사냥법. 검성(劍聖)의 반열에 오르고 난 뒤부터는 이런 식으로 몬스터를 잡은 적은 거의 없었다.

그리고 회귀를 한 이후에도 이렇게 몬스터를 잡아 본 적은 없었다. 굳이 할 필요가 없었으니까.

미노타우르스가 강한 마물이기 때문이 아니었다. 전생에서는 그보다 더한 몬스터들과 싸워본 경험도 있었고 현생에서 카릴은 미노타우르스는 우스울 자들과 일전을 벌이기도 했었다.

'솔직히 알른 자비우스라든지 폭염왕에 비한다면 녀석은 너무 쉬운 상대지.'

꿈틀-

그 순간.

카릴은 얼음 발톱을 쥐고 있는 오른쪽 손등에서 욱신거리는 느낌을 받았다. 그의 손등에 마치 혹이 난 것처럼 붉게 부풀어 있었다. 화룡의 거처에서 얻은 아인 트리거가 심어져 있는 오른팔이 그의 검이 마음에 들지 않는다는 듯 씰룩거리는 것 같았다.

얼음과 불. 상성인 두 힘은 마치 힘겨루기라도 하는 듯 카릴이 마력을 끌어 올릴 때마다 이런 식이었다.

'조금만 더 기다려, 라미느. 네가 만족할 만한 검을 얻을 테니까.'

그럼에도 불구하고 그가 미노타우르스를 사냥하는 데 있어서 이런 번거로운 방법을 쓴 이유는 따로 있었다.

그의 사냥법은 어린 시절 그의 아버지인 검은눈 일족의 족장인 칼리악이 가르쳐 줬던 방법이었다.

와아아아아아--!!

잘린 미노타우르스의 목이 깃대에 꽂히자 그 모습을 지켜보던 사람들이 일제히 함성을 질렀다.

바로, 이 때문이다. 마력의 유무를 떠나서 S급 마물을 잡을 수 있다는 사실만으로도 병사들을 고양시키기에 충분했다.

"베이칸, 키누. 병력을 집결시켜. 지금 바로 마굴을 토벌한다."

"알겠습니다."

"넵."

승리의 기쁨도 잠시, 카릴은 지체하지 않고 자유군에게 명령했다.

"마굴을 토벌하자는 말씀이오? 경의 실력은 알겠지만……제국군이 아직 있는 지금 일단 전선을 물리는 것이 어떻소?"

비올라와 그레이스는 카릴의 말에 역시나 하는 표정을 지었지만 아벤은 당혹스러운 표정을 지었다.

전장에서 물러나기는 했지만 여전히 루온의 7만 대군이 트윈 아머를 노리고 있기 때문이었다.

하지만 카릴은 고개를 저었다.

"아실 겁니다. 마굴의 외부에 나오는 몬스터들의 수로 마굴의 크기를 가늠할 수 있다는 것을요. 기다릴 시간이 없습니다. 마굴이 완전히 안착이 되기 전에 보스를 제거해야 합니다."

"그렇긴 하네만……."

아벤은 여전히 불안한 표정을 지었다.

이유는 간단했다. 마굴이 만들어지기도 전에 필드로 소환된 몬스터가 미노타우르스였다.

"가장 안쪽에 있는 마굴의 주인에 비한다면 녀석들은 약한 것들이겠지. 토벌을 위해선 트윈 아머의 병력까지 써야 할 터. 하지만 병력이 빠지는 걸 안다면 제국군이……."

아벤은 도대체 얼마나 많은 병력을 마굴 토벌에 할애해야 할지 가늠이 되지 않았다. 성에는 간신히 목숨을 구한 백성들도 있었다.

자칫 잘못하면 다시 한번 그들의 목숨도 위험할지 모른다.

"후우."

그는 낮은 한숨을 내쉬었다.

외부의 몬스터가 그 정도였으니 그 안에 있는 마굴의 주인의 위세가 어떨지는 가늠조차 되지 않았기 때문이다.

"걱정 마십시오. 마굴엔 자유군만 갈 거니."

그 순간. 걱정스러워 하는 그의 얼굴을 보며 카릴은 담담한 목소리로 말했다.

"……!!"

"……!!"

그의 말에 주위의 사람들을 모두 놀란 눈으로 그를 바라봤다.

"저, 저희도 갈 거예요!"

혹여 카릴이 거절이라고 할까 봐 비올라는 다급한 목소리로 말했다.

그런 그녀의 모습에 카릴은 옅은 웃음을 지었다.

'마물의 왕. 미노스(Minos).'

카릴은 그들과 달리 저 마굴 안에 무엇이 있는지 잘 알고 있다.

전생에서 삼국을 거의 멸망 직전까지 만들었던 미노타우르스의 마굴의 주인.

그 당시에는 싸워보지 못했지만 카릴은 회귀를 하기 위해 파렐(Pharel)을 오를 때 제34층계에서 녀석을 만난 적이 있었다.

이틀의 접전 끝에 녀석을 잡았다. 검성(劍聖)의 위치에 도달했던 그가 밤낮을 가리지 않고 싸우고서야 이긴 것이다.

'물론 쉬운 상대는 아니다. 하지만……'

파렐은 모든 마굴의 집합체라고 할 수 있었다.

대륙에 생성되었던 모든 마굴이 그 안에 있었으며 층계를 오를 때마다 난이도는 기하급수적으로 올라갔으며 나중에는 대륙에서 보지도 못했던 몬스터들과 싸워야 했다.

S급 마물이라고 칭해지는 미노타우르스가 고작 파렐에서는 34층계의 파수꾼에 불과하다.

어쩌면 지금 그의 능력은 전생에 파렐에 들어가기 전 검성 시절보다 떨어질지 모른다.

하지만 카릴은 사냥에 실패하거나 미노스에게 질 것이라는 생각은 하지 않았다. 아니, 그건 미노타우르스의 마굴이 아닌 그 어떤 마굴이라도 자신이 있었다.

단순히 마력을 얻었기 때문이 아니다. 얼음 발톱을 가졌고 알른 자비우스에게 비전력을 전수받았기 때문도 아니다. 폭염왕의 힘에 의한 자만도 아니었다.

"……"

카릴은 물끄러미 검은 마굴을 바라보며 피식 웃었다.

'생각해 보니 엄청 얻긴 했네.'

그는 회귀하기 위해 억겁의 시간 동안 수많은 파렐의 층을 올랐었다.

카릴은 애초에 몬스터를 대하는 자세 자체가 대륙의 기사들과는 완전히 달랐다.

그가 강한 이유는 거기서 나온다. 공포나 긴장감을 가지지 않는다는 것만으로도 자신의 실력을 온전하게 쓸 수 있게 된다.

그런 카릴의 모습은 다른 병사에게도 이어졌다. 그뿐만 아니라 그의 자유군이 강할 수 있는 이유 역시 야만족 특유의 사냥 능력도 있었지만 그 선두에 카릴이 있었기 때문이기도 했다.

'하지만 아직도 얻을 게 많지.'

카릴은 살짝 입맛을 다시는 것처럼 입술을 깨물었다. 그에게 있어서 남부의 재앙이라 일컬어졌던 끔찍한 마굴은 그저 보물창고에 불과했으니까.

"마르제 경이 회군하면 아벤 경께서는 그를 도와 아직 남아 있는 몬스터들을 정리해 주십시오."

카릴은 제국군이 있는 포나인 강을 가리키며 말했다.

"그리고 불타 버린 논밭이야 어쩔 수 없지만……. 그에 대한 보상은 제국군에게 받아야겠죠."

"그게 무슨……."

마르제와 아벤은 카릴의 말에 서로를 바라보며 고개를 갸웃거렸다.

"7만 군세의 보급품이면 겨울을 나기엔 충분할 겁니다."

카릴은 그런 그 둘을 바라보며 입꼬리를 올렸다.

"이거 이렇게 하는 게 맞나?"

수안은 강물과 바다가 만나는 해협에 배를 정박시켜 놓고서 중얼거렸다.

"그거 그렇고 신기하네. 마스터의 말대로 어쩐지 물살이 조용한 것 같은데. 날뛰던 포나인이 아니라서 오히려 이상한걸."

"잔말 말고 어서 시킨 거나 해. 우리는 해야 할 일이 많아. 바로 남부로 가야 하니까."

두샬라의 핀잔에 수안 하자르는 머리를 긁적이고는 손목에 감아뒀던 증표를 풀었다.

'도대체 저걸 어디에다 쓰는 거지.'

카릴과 함께 남부를 갔었던 에이단은 그가 수안에게 맡긴 각왕의 증표를 보며 의아했다.

그가 알기로 그것은 마굴의 주인이라 칭해지는 마물의 이빨로 만들어진 것이다.

하지만 그뿐. 이렇다 할 마력적인 힘을 가지고 있는 것도 아니고 주술이 걸린 것도 아니었다.

"좋아."

수안은 고개를 한번 끄덕이고는 있는 힘껏 증표를 물 안으로 집어 던졌다.

풍당.

긴장된 시선이 집중되었다.

"……."

하지만 고민을 한 것 치고는 너무 잠잠한 강물.

아무 일도 일어나지 않았다.

천천히 증표가 가라앉는 것을 바라보던 두샬라가 마지못해 입을 열었다.

"이게 끝?"

"뭐……. 마스터께서 내게 시킨 건 이게 단데."

수안 역시 알지 못하겠다는 듯 어깨를 으쓱하며 고개를 저을 뿐이었다.

그때였다.

"우, 우아악!!"

"크윽?!"

잠잠했던 강물이 마치 언제 그랬냐는 듯 예전으로 돌아온 것처럼 요동치기 시작했다.

세 사람은 황급히 배의 난간을 붙잡았다.

촤아아악--!!

후두둑……!!

뱃머리가 거세게 흔들리면서 갑자기 물 안에서 무언가가 높다랗게 솟아올랐다.

[크르르르르르…….]

그 순간 폭포처럼 떨어지는 물방울 뒤로 붉은 안광이 번뜩였다.

세 사람은 넋이 나간 얼굴로 멍하니 그것을 바라봤다.

"미친……."

"각왕의 증표가 이런 식으로 쓰는 물건이었어?"

"마스터가 하는 일이 다 그렇지. 상상하는 것 자체가 바보 같은 짓이야."

저마다 한마디씩 내뱉었다.

그중에서도 수안 하자르는 익숙한 그 모습을 바라보며 나지막하게 중얼거렸다.

"수왕(水王)……."

서펀트는 천천히 세 사람을 향해 고개를 숙였다.

마치. 명령을 기다리는 것 같은 모습.

세 사람은 등골이 오싹해지는 전율을 느꼈다.

포나인의 주인이라 불리던 마물의 이마에는 마치 불로 지진 것 같은 각왕(覺王)의 자국이 새겨져 있었다.

▶Chapter 4◀

"자네는 어떻게 생각하는가."

"뭘 어떻게 생각하기는……. 지금까지 S급 마굴이 만들어진 이력이 아예 없던 것도 아니잖은가."

"그거야…… 아주 오래전의 일일 뿐일세."

아벤은 여전히 불안하게 떨리는 검은 마굴의 문을 바라보며 말했다.

"글쎄……. 그래서 나는 불안하네. 무슨 일이라도 생기는 게 아닐까 하고 말이야."

"마굴에 들어간 저 친구가 걱정되는 거면 따라가지 그랬어. 트윈 아머는 내가 지키고 있으면 될 텐데 말이야. 이참에 터틀 캐슬을 넘겨도 좋고."

"실없는 소리는……."

마르제의 말에 아벤은 피식 웃으면서 말했다.

"내가 걱정하는 것은 저 친구가 아니라 단지 이 마굴이 끝이 길 바라는 마음에서네. 만약…… 저 마굴이 또 다른 마굴의 전조라도 된다면 끔찍한 일이지."

아벤은 나지막한 목소리로 말했다.

"마굴은 생성되기 전에 자신의 등급보다 낮은 마굴을 소환하지. 그걸 전조(前兆)라고 하고 말이야. 지금까지는 그걸 통해서 마굴의 난이도를 가늠할 수 있었지."

"맞네."

그렇다고 하위의 마굴을 토벌하지 않고 그냥 둔다고 상위의 마굴이 만들어지지 않는 것은 아니다. 즉, 결과적으로 본 마굴이 소환되기 전에 차라리 하위 마굴들을 소탕하는 것인 더 큰 피해를 줄일 방법이었다.

"대륙의 역사상 S급 마굴이 나타났던 적은 몇 안 되네. 250년 전에 카이에 에시르가 소탕했었고 그전에는 7인의 원로회들이 몬스터 사냥을 했었지."

아벤의 말에 마르제는 고개를 끄덕였다.

"그래. 아직 남부에는 그 뒤로 생성된 S급 마굴이 몇 개 남아 있기는 하지만 디곤 일족이 철저하게 외부의 몬스터를 사냥하는 덕분에 밖으로 나오는 녀석들이 없어서 위험하진 않지."

"그들에게 있어서 남부의 마굴들은 거의 생계 수단 같은 거니까. 그런데 그게 어째서?"

일렁이는 마굴의 입구를 바라보며 그가 대답했다.

"나는 단지 저 S급 마굴이 다른 마굴의 전조가 되는 게 아닐까 하는 생각이 들었네."

아벤의 말에 마르제는 말도 안 되는 소리를 하지 말라는 투로 그의 등짝을 때렸다.

"실없는 소리. 성안에만 박혀 있더니 정말 거북이처럼 겁먹어서 숨고 싶은 모양이로군."

"……"

"S급 마굴이 전조 현상이라면 세상이 망하기라도 한다는 말인 겐가."

"……나 역시 그냥 내 기우였으면 좋을 것 같아서 한 소리네. 단지 저 마굴의 입구를 보고 있으니 왠지 불쾌한 기분이 들어서 말이야."

아벤은 마치 먹물을 쏟아부은 것처럼 일렁이는 검은 마굴의 문을 바라봤다. 일반적인 마굴은 대부분 동굴의 형태를 지니고 있었다. 하지만 지금 이곳에 만들어진 마굴은 동굴이라기보다는 문을 닮았다.

마치 이 세계가 아닌 다른 곳과 이어졌을 것 같은 느낌.

"하지만 S급 마굴이 전조였던 경우는 전혀 없었던 것도 아니잖은가."

아벤의 말에 마르제는 헛웃음을 지었다.

"자네, 나이를 먹더니 쓸데없는 걱정만 늘었군. 그게 언제

적 일인데……. 전설로만 알려진 얘기잖는가. 정말로 있었는
지는 모르는 일이야."

그의 말에 아벤은 쯥- 하고 입맛을 다셨다.

7인의 원로회가 있기도 전이었던 훨씬 더 먼 과거. 확실히
문헌에만 있었던 사건이었기에 정말로 일어난 일인지 아닌지
도 확인할 수 없었다.

단지, 대격변(大激變)이라 칭해지는 한 사건.

엑소디아(Exordiar).

'대륙 전역을 마굴로 만들어 버렸다고 전해지는 끔찍한 악몽.'

그 악몽의 결과가 바로 어둠이었기 때문이다.

「1년 365일 동안 단 하루도 해가 뜨지 않고 달과 별조차
없어 마치 어둠이 대륙을 먹어 치운 것처럼 한 치 앞도 볼 수
없었다.」

「어둠은 인류를 집어삼켰고 그 안에 기생하는 괴물들은
야금야금 그들을 먹어치웠다. 어둠이 휩쓸고 지나간 자리는
백골만이 남아 있더라.」

「살아남은 자들은 이를 가리켜 재해(災害)라 명명하며 절
대로 잊지 말라 후대에 전했다.」

어린 시절 읽었던 책에 나왔던 전설에 불과하지만, 이상하게
도 아벤은 저 마굴의 입구를 보고 있자니 자꾸만 그때의 기억

이 떠올랐다.

하지만 이내 곧 고개를 저으며 말했다.

"그러게 말이야. 나도 늙었나 보군……. 이런 헛소리나 지껄이고 있는걸 보니 말이야."

"정신 차리고 눈앞의 적에게나 집중하세. 아직 제국군이 물러간 게 아니니까."

"그래야지."

"용기가 없는 늙은이들이라 마굴 안으로는 들어가지 못했지만 적어도 저들이 방해하는 것은 막아야 하지 않겠나."

마르제는 끝을 알 수 없을 정도로 길게 늘어서 있는 제국군을 바라보며 긴장된 목소리로 말했다.

"그런데 도대체 뭘까. 아무것도 하지 않고 그저 자리를 지키는 것만으로도 충분하다니……."

그의 물음에 아벤 역시 예상이 되지 않는 듯 고개를 저었다.

"오랜만이군. 이런 긴장감은 말이야. 이대로 제국군이 밀려오기라도 하면 막을 수 없겠지."

"클클……. 우리들의 반의반도 살지 않은 꼬마의 말을 듣고 목숨을 맡길 줄이야. 오래 살고 볼 일이야."

마르제 역시 긴장된 얼굴로 앞을 바라봤다. 그도 그럴 것이 몬스터들을 정리하고 난 뒤 두 사람은 병력을 성으로 물리지 않았다. 대군을 맞이해서 당연히 수성해야 한다고 생각하는 게 정론일 텐데 카릴이 내건 계획은 오히려 그 반대였다.

"저희들이 마굴 안으로 들어가면 두 분은 일대의 병력을 이끌고 트윈 아머 앞에 정렬해 주시기 바랍니다."

필드에 나타난 두 마리의 미노타우르스를 모두 정리하고 난 뒤 카릴은 마르제와 아벤, 두 사람에게 말했다.

"병력을 밖으로……? 제국군이 그걸 보고 오히려 진격하면 어떻게 할 생각이오. 트윈 아머의 도움 없이는 저 대군을 막을 수 없을 텐데."

아벤의 말에 카릴은 고개를 저었다.

"제국군은 움직이지 않을 겁니다. 갑작스럽게 난입한 제 병력을 보고 의심을 할 테니까요. 그리고 약간의 밑밥도 깔아뒀고."

그는 굳이 단신으로 자신이 제국군의 앞에 나타났다는 말은 하지 않았다.

"게다가 제국군의 예상보다 적은 피해로 몬스터를 막았습니다. 정면으로 맞붙는다면 제국군 역시 적지 않은 피해를 감수할 수밖에 없죠. 섣불리 결정하긴 어려울 겁니다."

카릴은 트윈 아머 두 곳을 짚은 뒤에 그 앞에 있는 해자를 가리켰다.

"트윈 아머는 해자의 폭이 넓습니다. 전열은 이동성이 좋은 기사와 검병 부대들 위주로 이 해자를 끼고 배치하시고 성벽에 마법 부대와 궁병을 두십시오."

아벤과 마르제는 그의 말에 고개를 끄덕였다.

"이쪽에서 오히려 진격할 수 있다는 압박감을 주는 것이 중요합니다. 제 병력을 함께 배치해 둘 겁니다. 1천이란 숫자는 적지만 의심을 만들기엔 충분하니까요."

"그래도 괜찮겠소……?"

"마굴은 저와 이들만 갈 겁니다. 내부가 복잡해서 오히려 대군이 움직였다가는 길을 헤맬 수 있습니다."

처음 만들어진 마굴인데 마치 잘 알고 있는 것 같은 카릴의 모습에 마르제는 신기한 듯 그를 바라봤다.

그의 시선에도 아랑곳하지 않고 카릴은 계속해서 계획을 말했다.

"공격적인 자세를 취하는 것이 오히려 그들을 혼란스럽게 만드는 방법입니다. 어째서 수성을 하지 않고 나왔을까? 또 다른 원군이 있는 건가? 루온 황자의 머리가 복잡해지겠죠."

아벤은 카릴의 말에 감탄을 금치 못했다.

'대단하구나…….'

약관의 나이도 채 되지 않은 소년이 내건 당돌한 계책은 위험해 보이지만 충분히 가능성이 있어 보였다.

휘이이이잉--

일순간 전장에 을씨년스러운 바람이 불었다.

아벤은 자신의 갑옷을 한 번 더 추스르면서 카릴을 떠올렸다.

'단지……. 이 계획이 성공하기 위해 무엇인지는 모르겠지만, 그가 준비한 한 수가 통하느냐 통하지 않느냐가 중요하겠지.'

다른 때라면 절대로 수락하지 않았을 이 작전을 어쩐 일인지 아벤은 카릴의 말을 듣자마자 토를 달지 않고 수긍했다.

전장에선 나이가 중요한 것이 아니다. 아벤은 이상하게도 카릴과 대화를 하고 있으면 오히려 자신보다 더 전장의 경험이 많은 기사를 마주하는 기분이 들었다.

"믿어보지, 카릴."

그는 일렁이는 마굴의 입구를 바라보며 긴장된 얼굴로 중얼거렸다.

"조심해. 크기로 따진다면 황궁보다도 더 큰 미궁(迷宮)이다. 길을 잃게 되면 빠져나오기 힘들어."

카릴의 말에 베이칸과 키누 무카리는 고개를 끄덕였다.

벽면 양쪽에 횃불이 걸려 있었고 오래되었지만 잘 정돈된 느낌은 괴물이 산다는 것을 몰랐다면 사람이 만든 성이라고 생각될 정도였다.

"그래도 지금까지 제법 많은 마굴을 공략한 것 같은데 이런 곳은 처음인 것 같습니다. 마굴이 아니라 꼭……"

"유적 같지? 꼭 인간이 만든 것처럼."

카릴은 그레이스가 하려는 말을 예상한 듯 먼저 대답했다.

"그렇습니다."

그는 고개를 끄덕였다. 대륙에 남아 있는 유물을 얻을 수 있는 유적들은 먼 과거 선조들이 혹은 때때로 신이 만들었다고 전해지는 신성한 곳이다.

하지만 몬스터가 있는 마굴이 이와 같은 모습을 하고 있으니 야만족인 두 사람과 달리 비올라와 그레이스는 쉽사리 용납하기 어려웠다.

"틀린 말은 아니야. 우리는 그전에 회색 오크나 리자드맨 같은 녀석들을 잡았었다. 베이칸, 녀석들의 공통점이 뭔지 알아?"

"음……. 인간처럼 부락을 형성한다?"

그의 대답에 카릴은 고개를 끄덕였다.

"맞아. 다른 몬스터와 달리 녀석들은 무리를 지어 생활하지. 아마 마물 중에서 가장 인간과 유사하다고 볼 수 있어."

"설마……"

비올라는 카릴의 말에 굳은 얼굴로 그를 바라봤다.

어쩐지 생각하고 싶지 않은 것을 떠올린 듯한 표정이었다.

카릴은 그런 그녀에게 말했다.

"그런 아인종 중에 가장 강력한 몬스터가 바로 미노타우르

스입니다. 대륙에는 이제 사라져 볼 수 없지만 전해지는 말로
는 미노타우르스는 인간과 마물 사이에서 태어난 괴종이라고
하니까요."

"회색 오크와 리자드맨이 이 마굴의 전조가 된 게 인간과 닮
았기 때문이란 말입니까? ······그런 맥락이라면 지독한 기분이
네요."

그레이스는 인상을 구기며 말했다.

"동감입니다. 그런 기준으로 구분하는 건 꼭 인간과 몬스터
가 유사하다고 말하는 것 같으니까요."

"글쎄. 인간과 몬스터의 정의를 나누는 자가 인간도 몬스터도
아니라면 그의 눈엔 정도의 차이만 보일 테니 그럴 수 있겠지."

"신을 말씀하시는 건가요?"

비올라의 물음에 카릴은 쓴웃음을 지었다.

"이 마굴을 만든 것도 어쩌면 유적을 만든 자와 똑같은 자
일지도요."

그는 굳이 신이라는 이름을 꺼내진 않았다. 대신 그는 주위
를 천천히 훑었다. 전에도 느꼈지만 마굴의 안은 파렐과 비슷
한 느낌이었다. 남부에서 처음 마굴을 토벌할 때 그는 마굴 역
시 파렐의 일종이 아닐까 하는 의문을 가졌었다.

타락이 나오는 것은 아니지만 마굴은 자연의 규율을 어기고
몬스터를 생성하기 때문이었다.

'쌍두수리의 둥지라든지 회색 오크의 부락 같은 난이도가

낮은 마굴은 파렐에 없었다.'

카릴은 미노타우르스의 마굴에 들어와서 그 의심을 확신으로 바꿀 수 있었다.

'미궁의 형태가 파렐에 있던 것과 똑같아.'

그는 천천히 고개를 끄덕였다.

'그렇다면 그때 썼던 방법을 쓸 수 있겠어.'

카릴은 씨익 웃었다.

"……."

베이칸은 구릉 이후로 어쩐지 오랜만에 그 미소를 보는 것 같아 자신도 모르게 움찔거렸다.

'미노스, 아이아코스, 라다만티스.'

저벅- 저벅-

카릴은 거침없이 미궁의 길을 따라 걸어갔다.

'한꺼번에 잡는다.'

"더워……."

비올라는 턱 밑으로 떨어지는 땀을 더 이상 닦아낼 생각도 하지 않고서 낮은 목소리로 중얼거렸다.

"그레이스, 우리가 미궁에 온 지 얼마나 됐지?"

"글쎄요……. 한나절은 족히 지나지 않았을까요."

그녀의 물음에 그 역시 낮은 숨을 토해내며 대답했다. 당장에라도 갑옷을 벗어 던지고 싶은 심정이었다.

"이곳에 들어온 지 반나절도 채 되지 않았어."

"……에? 그것밖에?"

그레이스의 말을 베이칸이 부정하자 비올라는 살짝 놀란 표정으로 그에게 물었다.

"똑같은 배경만 계속 반복이 돼서 길게 느껴질 겁니다."

키누 무카리는 허리에 차고 있던 수통을 두 사람에게 건네면서 말했다.

"어떻게 두 사람은 확신할 수 있지?"

"간단합니다. 발걸음 수에 따라 시간을 계산하면 됩니다. 마스터께서 가는 길목에 표시를 하시는 것도 일정한 거리에 맞춰서 하는 것이기도 하고요."

"능숙한 사냥꾼이라면 자신의 호흡으로 확인한다지만 아직 저는 그 정도까지는 아니에요."

"……."

두 사람은 아무렇지 않게 말했다.

하지만 자신의 발걸음을 세면서 걷는 것은 보통 사람이 할 수 있는 일이 아닐 것이다.

"솔직히 이건 아무것도 아닙니다. 놀라운 건 저희가 미궁에 들어온 후 아무런 일도 일어나지 않았다는 것이겠죠. 두 분께서 시간을 헷갈리는 이유도 그 때문일 테니까요."

그의 말에 모두가 카릴의 뒷모습을 바라봤다.

미궁의 길은 미로처럼 복잡했다.

하지만 선두에서 앞장선 카릴은 한 치의 망설임 없이 성큼성큼 내걸었다.

작동하는 기관도 없었으며 걸리는 함정도 없었다. 게다가 마주치는 몬스터도 한 마리 없었으니 그저 마굴 안으로 들어와서 한 것이라고는 이렇게 카릴의 뒤를 따라 걷는 것뿐이었다.

"놀라운 건 야만족인 당신들과 대륙인인 우리가 함께 마굴을 토벌하고 있는 거겠지."

비올라의 말에 나머지 사람들은 쓴웃음을 지었다.

세 개의 마굴을 토벌하고 트윈 아머의 전장에서 서로가 싸우는 모습을 봤다. 베이칸과 키누 그리고 그레이스는 적어도 부족을 떠나 무인으로서 서로를 인정하고 있었다.

"물을 많이 마셔두는 게 좋을 겁니다. S급 마굴의 공기는 진한 마력을 머금고 있어서 조금만 움직여도 쉽게 지치니까요."

"그런 점에서 야만족들은 좋겠군."

"그들이 뛰어난 사냥꾼이 될 수 있는 이유 중 하나가 그것도 있겠죠. 아이러니하게도 그걸 이단이라 제국은 말하지만."

"……."

"거기는 밟지 마십시오."

카릴이 앞에 있는 대리석 바닥을 가리키자 비올라는 황급히 피했다.

"함정이 발동되니까요."

몇십 번이나 미궁을 되풀이했던 사람처럼 마지막 함정까지 아무렇지 않게 지나치고서야 그는 걸음을 멈추었다.

"여기가……."

"보스가 있는 석굴인가."

비워버린 수통을 바닥에 던지며 비올라는 나지막한 목소리로 말했다. 미궁의 끝에 도달 일행은 자신들을 기다리는 거대한 석상을 바라봤다.

"사람……?"

그건 마치 왕처럼 옥좌에 앉아 있는 한 남자의 석상이었다.

두툼한 바스타드 소드를 바닥에 꽂고 손잡이의 끝에 손을 얹고서 고개를 삐딱하게 내려다보고 있는 남자는 마치 살아 있는 것 같이 정교하게 만들어져 있었다.

"인간은 아니야. 그 역시 아인종이지. 마굴의 주인이자 마물들의 왕. 미노스(Minos)."

그러고는 카릴은 석상의 옆에 세워져 있는 두 마리의 야수상을 가리켰다.

"인간의 육체에 매의 머리를 하고 있는 이 마물은 동쪽의 아이아코스. 그리고 드래곤의 괴종인 와이번의 모습을 하고 있는 이 마물이 서쪽의 라다만티스."

미노스를 수호하는 두 마리의 마물.

그의 설명에 사람들은 긴장한 듯 석상들을 바라봤다.

두꺼운 쇠사슬로 목이 묶여 당장에라도 달려들 것 같은 거대한 마물은 보기만 해도 떨렸다.

"지금부터 우리가 잡아야 할 녀석들이지."

쿠그그그그…….

마치, 그의 말에 대답이라도 하는 것처럼 미궁 아래에서 알 수 없는 포효 같은 울림이 들렸다.

"베이칸, 키누. 너희들은 석상에 감겨 있는 쇠사슬을 벗겨 내. 그리고 나머지 두 사람은 물러서시고요."

카릴은 옥좌 주위에 뿌려져 있는 금은보화들을 가리키며 말했다.

"마력에 반응하는 석상입니다. 혹여나 보석에 혹해서 다가가게 되면 발동하게 되죠."

"허……. 보석으로 모험가들을 유혹한다는 말인가. S급이라는 명성에 어울리지 않는 치졸한 방법이로군."

비올라는 그렇게 말하면서 은근슬쩍 그레이스의 뒤로 물러섰다.

"생각보다 이런 치졸한 방법이 잘 먹힐 때가 많거든요. 마굴에 들어오는 유명한 모험가들이 꼭 사명감으로만 오는 것은 아니니까요."

"으흠……."

비올라는 카릴의 말에 고개를 끄덕였다.

스르룽…… 스릉……. 쿠웅--!

베이칸과 키누는 각각의 석상 위에 올라 마물의 목에 걸린 쇠사슬을 풀어냈다.

미노스의 손에서 쇠사슬이 요란한 소리와 함께 바닥으로 떨어졌다.

"흡……!"

쇠사슬의 두께는 거의 베이칸의 팔뚝보다도 더 두꺼웠다. 어깨에 둘러메자 그 무게에 튼튼한 그의 다리가 휘청거렸다.

"저걸로 뭘 할 생각이지?"

"모든 마굴엔 공략법이 있습니다. 물론, 하급의 마굴이야 그런 걸 무시하고 보스를 잡기만 하면 되지만 상급은 다르죠."

베이칸은 카릴의 말에 고개를 끄덕였다.

그가 쐐기덩굴 구릉에서 구릉의 주인을 사냥할 때 이미 경험을 해봤기 때문이다.

샌드 서펀트 역시 수왕이나 해왕과 함께 S급 마물로 평가되는 몬스터였다. 단순히 힘으로 잡는다고 한다면 소드 마스터라도 힘들 것이다.

역린(逆鱗).

하지만 카릴은 서펀트의 약점을 정확히 알고 있었고 완벽하게 그것을 노렸다.

베이칸과 키누가 아무런 의심도 하지 않고 그의 명령에 따르는 것은 단순히 카릴이 자신들의 주인이기 때문만은 아니라는 말이었다.

'마스터께서 하시는 일은 모두 이유가 있다.'

'모든 것은 결과가 말해주니까.'

구릉에서부터 나락바위까지. 그가 해냈던 일들은 일반적인 상식을 뛰어넘는 것들이었으니까.

"들어간다."

카릴은 두 사람이 쇠사슬을 짊어진 것을 확인하고는 나지막한 목소리로 말했다.

스르르릉……. 스릉…….

바닥에 닿아 끌리는 쇠사슬의 소리만이 적막한 미궁의 한 가운데에 울렸다.

"큭……?!"

문을 열자마자 비올라는 코를 막으며 자신도 모르게 숨을 멈추었다. 여태껏 깨끗하게 정돈되어 있었던 미궁의 길과 달리 입구 안쪽은 완전히 엉망이었다.

한없이 깊어 보이는 지하 내부에는 부서진 잔해들과 함께 지독한 피비린내가 났다.

"이게 도대체 무슨 냄새지?"

"시취(屍臭)입니다. 시체에서 나는 냄새죠. 아무래도 이 안은 확실히 지금까지와는 다른 거 같군요."

"고약하군요. 이 정도면 꽤나 시간이 흐른 모양인데."

이번 일로 인해서 기껏해야 죽은 지 얼마 안 된 시체만을 봤던 비올라는 오래돼 썩은 시체에서 나는 악취를 알 리가 없었다.

"……이게 그냥 고약한 정도라고?"

베이칸과 키누가 아무렇지 않게 말하자 그녀는 고개를 저었다.

물컹-

길을 걷던 비올라가 발을 잘못 디디는 바람에 자신의 신발 안으로 차가운 뭔가가 들어오자 그녀는 화들짝 놀랐다.

"윽……."

아무래도 물웅덩이라도 밟은 모양이었다.

"여긴 횃불도 없군. 그레이스, 마법으로 불을 좀 켜도록 해."

"알겠습니다, 왕녀님."

"글쎄요. 마법을 쓰는 건 그다지 좋은 방법은 아닐 것 같은데요."

그레이스가 마법을 시전하려고 하자 카릴이 그를 말리며 말했다.

"왜 그러십니까? 이곳도 아까 석상처럼 마법에 반응하는 함정이라도 있는 건가요?"

"아니. 딱히 그런 건 아니지만 그다지 보기 좋은 광경은 아닐 거라서요."

그의 말에 그레이스가 머뭇거리자 비올라가 말했다.

"어두워서 길을 걷는 것도 힘들다. 나도 이제는 제법 전장을 봐왔으니 상관없어."

짐짓 아무렇지 않다는 듯 그녀가 말하자 그레이스는 손바닥에 마력을 집중했다.

"라이트(Light)."

그의 손 위로 2개의 광구(光球)가 만들어졌다. 일순간 어둠이 사라지고 지하에 빛이 스며들었다.

"……."

굳어 버린 사람처럼 비올라는 말이 없었다. 아니, 정확히는 할 말을 잃어버리고 말았다고 해야 맞을 것이다.

여기저기 벽면에 덕지덕지 붙어 있는 살점들과 뜯어지고 찢긴 내장과 부서진 뼈들이 사방에 널려 있었기 때문이었다.

"우읍……!!"

게다가 비올라는 자신이 조금 전 밟았던 물웅덩이가 사실은 썩어서 갈색으로 변한 핏물이 고인 것이라는 것을 깨닫고는 헛구역질을 했다.

"이게 도대체 무슨……."

지하 굴의 닫힌 문은 안쪽에서는 열 수 없어 도망칠 수도 없었다.

도대체 이곳에서 무슨 일이 있었던 것일까.

"여길 통과하면 미노스의 마물이 있는 곳이 나옵니다. 이곳은 녀석들의 먹이를 먹는 곳이죠."

"먹이? 아무리 봐도 저건……."

비올라는 반쯤 부서져 바닥에 구르고 있는 두개골을 힐끔 바라보며 말했다.

"네. 인간이죠."

"미친……."

왕녀로서 해서는 안 될 말이지만 비올라는 사람을 잡아먹는 마물의 모습에 치를 떨었다.

"인간을 먹이로 주었다는 말인가? 이 미궁의 주인이라는 작자는……."

"뭐, 인간도 유사 인간들을 죽이는 건 마찬가지니까. 마물의 입장에선 드워프나 엘프나 인간이나 똑같은 먹잇감에 불과할지도 모르죠."

"하지만……. 그것과는 다르지 않습니까."

그레이스는 카릴의 말에 발끈하며 소리쳤다.

그가 하고 싶어 하는 말의 뜻이 무엇인지는 알 것 같았다.

"글쎄. 똑같은 인간이라면 내 눈에는 이단이라는 이름 아래 아무렇지 않게 수만 명의 목숨을 앗아 간 제국의 행동이 더 악랄해 보이는데."

하지만 그의 말을 듣던 베이칸은 오히려 더욱 목소리에 힘을 주며 그에게 대답했다.

"그, 그건……."

그레이스는 베이칸을 바라보며 입을 다물고 말았다.

"이단섬멸령이 모든 왕국의 의지라고는 생각하지 말길. 이스트리아 삼국은 적어도 남부의 야만족과 맞닿아 있는 삶을 살았다. 우리는 그대들에게 이렇다 할 거부감이 없어."

보다 못한 비올라는 베이칸에게 말했다.

"우리가 제국의 황제와 같은 생각을 했더라면 이미 타투르의 주인이 남부의 야만족과 함께한다는 것을 안 순간 이미 그대들을 용납하지 않았을 테지."

"용납하지 않겠다는 말씀은……?"

키누 무카리가 으르렁거리듯 낮은 목소리로 물었다. 그러나 그녀는 그런 모습에 주눅이 들지 않고 오히려 가볍게 어깨를 으쓱하며 말했다.

"뭣하면 제국에라도 알렸을 테지."

"하지만 그러지 않으셨죠."

"물론. 비록 약소국이라고는 하나 우리는 우리 나름의 의지가 있으니까."

카릴은 그녀의 말에 가볍게 웃었다.

"저도 그렇게 생각합니다. 그렇지 않다면 이미 트윈 아머에 제 병력을 놔두지 않았을 테니까요. 마르제 경과 아벤 경은 적어도 누가 적이고 아군인지 구분할 수 있는 자들이니까요."

"흥……. 그건 펜리아 왕국 역시 마찬가지다."

비올라는 어쩐지 뾰로통한 표정으로 카릴에게 대답했다.

저벅- 저벅- 저벅-

카릴은 끔찍한 시체들의 길을 뚫고 마지막 거대한 쇠창살이 세워져 있는 입구의 앞에 섰다.

"그레이스 경, 제국이 한 짓은 용서할 수 없지만 나도 당신의 말에 공감합니다."

카릴은 말을 마치며 손바닥을 위로 향하게 한 채 두 팔을 베이칸과 키누를 향해 뻗었다.

츠르릉- 츠릉-

그러자 양쪽 어깨에 메고 있던 쇠사슬을 풀어 두 사람이 끝은 그의 손에 올려주었다.

"나도 질릴 만큼 많은 시체를 봤었지만 내가 보기에도 이런 광경은 그냥 넘기기엔 욕지거리가 나오니까."

쫘악.

카릴은 두꺼운 쇠사슬을 움켜쥐고는 걸음을 옮겼다.

[크르르르……]

[크르……]

쇠창살 뒤에 낮은 으르렁거림이 들렸다.

"저 시체들이 250년 전 구 제국 시대의 자들인지 천 년 전 마도 시대의 사람들인지 알 수 없어. 다만 마굴이 존재한다는 것은 그 오랜 시간 동안 공략되지 않았다는 거겠지."

와이번의 붉은 안광 카릴을 주시했다.

"그만큼 어려운 마물이라는 말이겠지만 그냥 두고 볼 순 없지. 단순히 사명감 같은 멋들어진 이유가 아니더라도 말이야."

두 마리의 마물은 마치 조련사처럼 쇠사슬을 쥐고 다가오는 그를 향해 날카로운 이빨을 보이며 경계했다.

카릴은 녀석들을 바라보며 말했다.

"그러니 일단 저놈들에겐 더 이상 빌어먹을 아가리를 벌리지 못하도록 목줄을 채워줘야겠지."

우우우웅––

낮은 엔진 소리가 들렸다.

비공정 맨 위에 있는 상황실은 사방이 특수한 유리로 되어 있어 마치 하늘을 나는 것 같은 기분이 들었다. 스쳐 지나가는 구름이 비공정에 부딪히며 사방으로 흩어지는 모습에서 비공정의 속도를 가늠할 수 있었다.

"황자님."

고든 파비안은 디곤 일족의 영공에 도착하기 직전 크로멘을 불렀다.

비공정의 함장석에 앉아 황자인 그를 부르는 것은 제국의 입장에서는 말도 안 되는 일이지만 대륙의 5명밖에 없는 소드마스터인 고든 파비안이라면 충분히 가능한 일이었다.

"네, 고든 경."

"1황자께서는 병력을 이끌고 남부인을 처단하러 진군 중이고 2황자는 디곤을 통한 화친을 하고자 합니다."

그의 말에 크로멘은 고개를 끄덕였다.

"다행히도 육로를 통해 가는 두 황자와 달리 저희는 대륙에서 유일하게 하늘을 날 수 있는 비공정으로 이동하였습니다. 그 덕분에 두 황자보다 훨씬 더 빠르게 남부에 도착할 수 있었고요."

고든은 뿌듯한 표정을 지으며 말했다.

"이제 황자님께서 가장 먼저 선택을 하실 수 있는 특권을 가지게 되셨습니다."

"……."

"척화입니까, 아니면 화친입니까."

얼굴은 웃고 있었지만 그에게서 느껴지는 압도적인 위압은 마치 거대한 맹수가 눈앞의 어린 양을 먹잇감으로 두고 입맛을 다시는 것 같이 보여 크로멘은 기가 죽은 듯한 얼굴이었다.

"그건……."

크로멘은 머뭇거렸다.

유약하고 어린아이에 불과한 그는 루온처럼 강맹한 책략을 내걸 수도, 올리번처럼 야금야금 자신의 세력으로 흡수할 수도 없는 노릇이었다.

'타이란 슈테안에게서 어떻게 저런 유약한 아이가 태어난 것인가. 안타깝군. 지지하는 세력도 없고 이렇다 할 능력도 보이지 않으니…….'

그저 도태될 뿐.

황권 쟁탈에서 밀려난 황자의 말로는 뻔했다.

'아닌가. 어쩌면 저게 저 아이 나름대로 살아남기 위한 방법으로 택한 것일지도.'

아무런 행동도 취하지 않는 것.

루온과 올리번 중에 누가 황위에 오르든지 나머지 한 명은 결코 살아남을 수 없다. 황위에 오를 가능성이 없다면 차라리 자신의 목숨을 보존할 방법을 찾아야 하는 것이 맞을지 모른다.

'그런 의미에서 황제는 잔인하군. 아니면 황제답다고 해야 할까.'

자신의 자리를 노리는 자식들에게 서로 맞붙는 자리를 만들어준다는 것.

'많은 귀족이 황자의 편에 서고는 있지만 반란을 해서 황위를 쟁탈할 생각은 없다. 결국, 황제가 살아 있는 동안은 황제의 명령을 들을 수밖에 없을 터.'

결과적으로 남부에서 황자들의 힘을 약화시키고 그들이 당분간 자신의 자리를 넘보지 못하게 만드는 것이 황제의 생각일 것이다.

'변수라면……'

고든 파비안은 자신의 앞에 서 있는 크로멘을 바라봤다.

'황제도 황자들도 그렇게 생각하겠지. 유일하게 전장과 상황을 바꿀 수 있는 자가 크로멘이지만 반대로 아무것도 못 할 것이라고.'

이 출정에서 그는 계속해서 생각했다.

어째서 아무런 힘도 없는 크로멘에게 막대한 금액을 지불하면서까지 황제가 교도 용병단을 붙였을까.

'뭔가 하길 바라는 건가.'

황제가 바라는 건 명백히 아무것도 하지 않는 크로멘이 아닐 것이다.

그렇다면…… 의중은 뻔했다.

크로멘이 아니라 자신이 움직이길 바라는 것.

'홍……'

그는 3황자의 옆에 서 있는 남자를 바라보며 코웃음을 쳤다. 하얀 로브를 입고 허리에는 메이스를 차고 있는 성직자였다.

유린 휴가르.

황제가 크로멘에게 붙여 준 유일한 지원자인 그는 7만의 대군과 기사단에 비한다면 초라하기 짝이 없었지만 고든은 그가 어떤 인물인지 잘 알고 있었다.

'똑똑한 녀석은 아니지만 야심가지. 게다가 교단의 사제인 주제에 실력도 소드 마스터에 근접할 만하고.'

그저 한 명에 불과하지만 생각보다 그의 존재감은 컸다. 루온과 올리번의 원정대에는 없고 크로멘에게만 있는 유일한 힘.

바로. 교단이었다.

1급 사제가 함께한다는 것만으로도 크로멘에 대한 루온과 올리번의 행동이 제약될 수밖에 없다.

'뭐……. 내가 있으니 허튼 생각은 못 하겠지만.'

오히려 그렇기 때문에 고든은 황제가 유린에게 무언가 비밀스러운 명령을 했을 것이라는 가능성을 배제할 수 없었다.

"귀찮군."

그가 나지막한 목소리로 중얼거렸다.

고작 한마디에 불과했지만 모든 사람이 그의 눈치를 보고 있는 입장인지라 주목할 수밖에 없었다.

고든은 유린을 보며 생각했다.

'그런데 이상하군. 출정 이후부터 꼭 뭐 마려운 개처럼 안절부절못하고 있는 꼴이니 말이야.'

어쩐 일인지 남부로 향하는 것 자체를 꺼리는 눈빛이었다.

"아무런 생각이 없나 보군요. 우리 황자님께서는."

"그, 그게……."

존대를 하고 있지만 위축된 모습에 크로멘은 입술을 들썩일 뿐 아무런 말도 하지 못했다.

"화친도 척화도 아닙니다. 저희는 제국의 대표로서 려기사단의 침입에 대한 잘잘못을 따질 것입니다."

그때였다.

무리 사이에서 들려오는 목소리.

모두의 시선이 고든에서 그쪽으로 돌아갔다.

"사과를 하러 가겠단 말이냐. 황제께서 원하는 답은 그게 아닐 텐데. 제국이 야만족에게 머리를 숙이겠다는 건."

저벅- 저벅- 저벅-

고든의 시선을 받으면서도 아무렇지 않게 당당히 나서는 한 소년. 그런 그를 고든은 흥미롭게 바라봤다.

"사과가 아닙니다. 시시비비를 가린다는 것입니다. 소인의 생각에 크로멘 황자님께서 두 황자님과 다른 길을 택하신다면 두 분이 하시지 않을 일을 하셔야 한다고 생각합니다."

티렌 맥거번. 고든은 전에 황궁의 복도에서 그를 봤던 기억을 떠올리며 역시나 하는 생각을 했다.

"남부에 입힌 피해에 대해서 확실하게 보상을 하고 그 대신 려기사단의 전멸에 대한 보상 역시 저희들은 톡톡히 받아내야 할 것입니다."

"어떻게?"

"무엇이 되었든. 설령 그들이 전쟁을 원한다면 전쟁도 불사할 것입니다."

단호한 그의 모습에 몇몇 사람들은 탄성을 질렀지만 오히려 고든은 어깨를 들썩이며 웃었다.

"크크큭……."

"……??"

생각지 못한 반응에 티렌의 얼굴이 굳어졌다.

"약삭빠른 놈이로군. 멋들어지게 말하고는 있지만 그 말은 결국 아무것도 못 한 채 야만족 녀석들이 주는 콩고물이나 받아서 돌아올 수도 있다는 뜻이잖느냐."

고든 파비안은 티렌의 말에 코웃음을 쳤다.

"크웰 녀석의 아들이라고 하기엔 강단이 부족한데. 차라리 그 꼬마가 아들이라고 하면 믿겠어."

"꼬마…… 라니요?"

티렌은 그의 말에 살짝 표정을 굳혔다.

"그런 놈이 있다. 어디서 뭘 하고 있는지는 모르겠지만 분명 말도 안 되는 짓거리를 하고 있겠지."

관자놀이를 손가락으로 꾹꾹 누르면서 고든은 아무것도 아니라는 듯 반대쪽 손을 저으며 말했다.

"뭐, 좋다. 일단은 네가 생각하는 계획에 따르지. 교도 용병단의 지휘권을 넘겨주겠다."

"……!!"

"……!!"

고든의 말에 모두가 깜짝 놀랐다.

"예……? 제가요?"

그리고 그건 당사자인 티렌조차도 마찬가지였다.

"그래. 여기서 그래도 가장 머리가 돌아가는 녀석이 너라고 생각되니까."

"어째서……."

티렌의 눈동자가 흔들렸다.

생각지도 못한 파격적인 인사에 그조차 어떻게 대처를 해야 할지 몰라 당황스러워했다.

교도 용병단의 위용이야 익히 잘 알고 있었다. 지금 이들의 전력이라면 기사단 두세 개의 힘과 맞먹는다고 해도 과언이 아니다.

'게다가 비공정이라는 변수까지 있다. 루온 황자가 7만이라는 대군을 움직였지만 만약 전략적으로 싸운다면 그 대군도 이길 수 있는 전력.'

머릿속이 복잡해졌다.

"어떠냐. 재밌을 것 같지 않으냐."

"그, 그건⋯⋯."

티렌은 섣불리 대답하지 못했다.

'정말로 교도 용병단 3천의 병력을 내 마음대로 움직일 수 있다면⋯⋯.'

할 수 있는 것들이 많았다. 아니, 해보고 싶은 것이 많다고 말해야 맞을 것이다.

아이러니하게도 불세출의 천재에겐 고든의 말이 떨어지는 순간 머릿속에 거대한 체스판 같은 것이 펼쳐지는 기분이었다. 수많은 전략이 머릿속에 어지럽게 이어졌다.

'하지만.'

이미 크웰 맥거번이 올리번 황자의 손을 들어주고 있다는 것은 황궁 내에 모두가 아는 사실.

티렌은 고개를 저었다.

혹여나 자신의 욕심이 크로멘에게 힘을 보태주는 결과를 내게 된다면 아버지인 크웰에게 해가 될 수도 있었다.

'황제가 원하는 게 이것이겠지. 적어도 셋째가 루온과 올리번의 걸림돌이 되도록 하는 것. 그 두 녀석이 유약한 막내를 신경 쓰지 않을 수 없게 하는 것.'

고민을 하는 티렌의 모습을 보며 고든 파비안은 옅은 미소를 지었다.

"제게 과분한 일입니다."

티렌은 한숨을 내쉬며 고든에게 말했다.

실제로 자신과 엘리엇은 그저 크로멘의 호위를 위해 선택되었을 뿐 그 어떤 중책도 맡지 않을 것이라 생각했었다.

그런데 그런 자신에게 용병단의 전권을 위임한다?

'무식한 오우거라고 생각했는데 머릿속은 뱀 수십 마리가 들어 있는 양반이로군.'

아주 잠깐이지만 설   던 자신을 탓하며 티렌은 고든을 바라봤다.

"부담 갖지 마라. 나름 고심한 일이다. 네가 그나마 황궁에서 중립을 고수하고 있는 카딘 루에르의 제자라는 점. 그리고 크웰의 양자라는 이유에서 결정을 내린 거니까."

"……맥거번가(家)의 자식이라면 더욱 제게 중임을 맡기지 말아야 하는 것 아닙니까?"

티렌의 물음에 고든은 예상했다는 듯 피식 웃으면서 말했다.

"그 반대지. 그놈의 아들이기 때문에 설마 치졸하게 아무것도 모르는 어린아이의 목숨을 빼앗지는 않을 거라 생각하니까."

"……."

"네놈의 아비는 답답하리만치 명예를 아는 자다. 이상하게 들릴지 모르지만 황자의 목숨을 가장 안전하게 지킬 수 있는 방법이 너라는 거지."

"고든 경께서 계시는데 어찌 저 같은 것이……."

티렌의 말에 고든은 비공정 아래를 가리키며 말했다.

"난 용병이다. 받은 만큼 일할 뿐이지. 남부에서는 설령 드래곤이 온다 한들 지켜줄 수 있다."

다른 사람이 그런 소리를 하면 허풍이라고 생각할지 모르지만 고든이 그렇게 말하자 정말로 드래곤이라 할지라도 상대할 수 있을 것 같았다.

"하지만 황궁에 돌아가서까지 보모 노릇을 할 수 없지. 그게 내가 아니라 네가 이 남부행을 맡아야 할 이유지."

"……."

티렌은 그의 말에 역시나 하는 표정을 지었다.

"고든 경께서는 절 믿으시는 겁니까."

"아니. 네놈 역시 황궁의 귀족들과 다를 바 없는 약은 녀석이니까."

그의 물음에 고든은 피식 웃었다.

"그럼……?"

굳어진 티렌의 얼굴을 바라보다 시선을 떼고 그는 조금 더 멀리 바라보며 말했다.

"네 아비를 믿는 거지."

[크르르르르--!!]]

우리 같은 두꺼운 쇠창살이 박혀 있는 거대한 홀 안에 두 마리의 야수가 뒤엉켜 있었다.

"그레이스 경, 지금······. 제가 꿈을 꾸고 있는 거죠?"

눈앞의 결과를 믿을 수 없다는 듯 비올라는 멍하니 앞을 바라봤다.

"저도 그렇게 믿고 싶습니다."

왕녀의 말에 그레이스 역시 마찬가지로 넋을 잃은 얼굴로 대답했다.

"저게 가능한 일인가?"

비올라는 낮은 목소리로 중얼거렸다.

"아니, 저게 인간이야?"

물음은 더욱더 원초적으로 변했다.

어처구니없는 질문이었지만 눈앞의 카릴을 보며 다른 사람들 역시 그녀의 물음에 수긍할 수밖에 없었다.

'역시······.'

다만 질린 듯한 두 사람과 달리 베이칸과 키누는 흐뭇한 표정을 지었다.

'저 모습을 보며 구릉에서 마스터를 걱정했던 내가 우습게 보이는군.'

베이칸은 피식 웃었다.

대수렵에서부터 나락 바위까지. 카릴이 보여줬던 무용을 알고 있는 그들은 지금의 결과를 당연하게 받아들였다.

지직…… 지지직……!!

양손의 쇠사슬을 있는 힘껏 잡아당기자 카릴의 손에서 흩어지는 보랏빛의 마력이 쇠사슬을 통해 번쩍였다.

빠득-!! 카르룽--!!

두꺼운 쇠사슬이 팽팽하게 당겨지면서 아이아코스와 라다만티스의 목이 뒤로 획하고 젖혀졌다.

[카라락……!!]

[크륵……!!]

벼락이라도 맞은 듯 녀석들의 몸이 부르르 떨렸다.

[카아아악--!!]

안간힘을 쓰면서 조여 오는 목을 풀려고 이리저리 요동쳤지만, 그때마다 카릴은 더욱더 쇠사슬을 잡아당겼다.

"몇 번을 해봐도 이만한 방법이 없어."

쿠웅-

두 마리의 마물이 지친 듯 무릎을 꿇자 카릴은 녀석들 사이에 다리를 벌리고 섰다.

한두 번 해본 솜씨가 아니었다.

'도대체 어떤 수라를 겪었던 거야……? 게다가 저 믿을 수 없는 실력은……. 소드 마스터란 말인가?'

마물을 눈앞에 두고도 겁을 먹기는커녕 오히려 마치 그 위에 있는 것처럼 내려다보는 오만함.

게다가 말도 안 되는 카릴의 검술은 아직 소드 마스터의 반열에 오르지 못한 그레이스로서는 판단을 내리기도 어려웠다.

"……"

그는 보면 볼수록 오히려 더 카릴에 대한 궁금증만 증폭되는 기분이었다.

'고작 한두 번이 아니지.'

그런 그의 눈빛을 읽은 걸까.

카릴은 속으로 피식하면서 아무렇지 않은 듯 웃었다.

파렐(Pharel)은 마굴의 연속이다. 그리고 이따금 높은 층으로 올라갈 때마다 같은 마굴의 몬스터가 더 강력해져서 나올 때가 있다. 대륙에 소환되는 마굴은 최초의 층계와 같은 난이도다. S급 마굴인 이곳의 몬스터들은 파렐의 제34층계의 몬스터와 같다는 말이다.

34층계에서도 그리고 238층계에서도, 675층계에서도 미노타우르스의 마굴은 되풀이되었다.

마지막으로 미궁인 978층계까지. 카릴 맥거번은 모든 마물에게 똑같이 목줄을 채웠고 똑같이 마물들의 왕의 목을 베었다.

콰아앙--!!

아이아코스의 머리 위에서 카릴이 있는 힘껏 발을 내딛자 녀석은 비명조차 지르지 못한 채 그대로 바닥으로 고꾸라졌다.

"……."

자신들의 앞에 처박힌 마물의 머리를 바라보며 일행은 할 말을 잃은 표정이었다.

[끼…… 이잉…….]

그런 그들을 향해 카릴은 고개를 까딱거리자 라다만티스가 움찔거리며 날개를 접었다. 말의 고삐처럼 녀석의 쇠사슬을 잡아당기며 그는 일행에게 말했다.

"모두 올라타."

▶Chapter 5◀

　[크아아아--!!]

　카릴이 타고 있는 아이아코스가 거친 포효를 지르며 미궁의
길을 막고 있는 몬스터들을 향해 달려들었다.

　[크르르……!!]

　[카악!!]

　그런 녀석을 향해 가고일들이 날카로운 창을 뻗으면서 소리
쳤다.

　퍼억……!!

　하지만 가고일의 2배는 될 것 같은 거대한 육체를 가진 아이
아코스는 카릴이 쇠사슬을 잡아당기자 비명을 지르며 자신을
향해 달려드는 가고일을 그대로 붙잡아 벽에다 머리를 찍어
눌렀다. 가고일 한 마리가 그대로 산산이 부서졌고 나머지 한

마리는 녀석의 날카로운 발톱에 꿰뚫렸다.

[카아아악!!]

라다만티스가 거칠게 날개를 휘저으면서 불을 뿜어내자 가고일들이 새카맣게 타면서 매캐한 냄새와 함께 비명을 질러댔다.

A급 마물로 평가되는 가고일을 이토록 쉽게 잡아버리는 두 마물의 위용은 실로 엄청났다. 그 광경을 보고 있으니 이런 마물을 아무렇지 않게 다루는 것이 얼마나 어려운 일인가 하는 생각이 드는 건 당연한 일이었다.

"……."

라다만티스의 머리 위에 매달려 있는 사람들은 요동치는 마물을 붙잡고 있는 것만으로도 정신이 없었는데 아무렇지 않게 아이아코스를 모는 카릴을 보며 전율을 느꼈다.

[크으아아아아--!!]

아이아코스가 미친 듯이 질주하며 미궁의 벽을 부수며 길을 만들었다.

처음에는 그 둘에게 달려들었던 마굴의 몬스터들도 어느 순간부터 겁을 먹은 듯 쉽사리 다가오지 못했다.

카릴은 그런 녀석들을 지나쳐 아이아코스의 머리를 부서진 벽면 사이로 밀어 넣었다.

'당연한 결과야. 녀석들은 미노스를 제외하고 대할 적이 없는 중간 보스급이니까. 고작 가고일이나 라이칸스로프 같은 몬스터들이 막을 수 있을 리가 없지.'

공포(Fear).

몬스터의 먹이사슬은 일반적인 생태계보다 더 확실하고 명확하다. 상위의 포식자일수록 하위의 개체에 강력하고 하위의 피식자는 상위의 존재에게 절대적인 공포를 가진다.

이것은 태생적으로 정해진 규율이었고 법칙이다. 그리고 드래곤이 먹이사슬 최상위에 놓일 수 있는 이유이기도 했다.

[크르…… 크르를…….]

[크르륵……!!]

부서진 벽 뒤에 다음 층으로 내려가는 길목을 지키는 라이칸스로프들은 갑자기 튀어나온 아이아코스의 머리에 놀란 듯 뒤로 물러서며 으르렁거렸다.

녀석들은 경계했지만 쉽사리 다가가지 못했다.

이미 겁을 먹었단 증거였다.

툭- 툭-

카릴이 아이아코스의 머리를 발로 몇 번 툭 하고 두들기자 녀석은 라이칸스로프들을 향해 날카로운 부리를 휘둘렀다.

[카악!! 카아아악--!!]

몇 번의 호통과 같은 포효가 쏟아지자 라이칸스로프들은 맞설 용기도 내지 못하고 흩어졌다.

"흐음."

카릴은 다시 한번 고개를 끄덕였다.

어둠 속으로 흩어졌지만 라이칸스로프들의 황금빛 안광은

여전히 카릴을 주시하고 있었다. 공포란 절대적인 규율에서 유일하게 어긋나는 존재를 녀석들은 신기한 듯 보고 있는 것이다.

바로, 인간(人間). 오직 인간만이 신이 만든 먹이사슬인 공포에서 벗어난 존재였다.

그렇기 때문에 상위의 몬스터들에게 대적할 수 있으며 때때로 카이에 에시르와 같은 먹이사슬의 정점인 드래곤을 죽이는 용 사냥꾼이 탄생할 수 있는 이유이기도 했다.

하지만 반대로 생각한다면 한없이 약하고 연약해 보이는 존재이기도 했다. 가고일과 라이칸스로프가 처음에 아이아코스에게 달려들었던 이유도 그의 인간이 있었기 때문.

"비켜."

후드드득--!! 후득--!!

카릴이 어둠 속을 바라보며 말을 내뱉자 몬스터들은 황급히 사라졌다. 녀석들은 얕잡아 봤던 인간에게서 느껴지는 살기가 자신들이 감당할 수 있는 것이 아님을 본능적으로 깨달았다.

몬스터가 사라지자 미궁의 마지막 층으로 내려가는 입구가 보였다.

"베이칸, 우리가 얼마나 걸렸지?"

"목줄을 얻었던 석상에서부터 이곳까지 3시간이 채 되지 않았습니다."

그의 말에 카릴은 고개를 끄덕였다.

'파렐에서 처음 여길 공략했을 때보다 더 빠르군. 하긴, 공략

법은 아니까……. 모든 마굴을 세세하게 기억하는 건 아니지만 적어도 주요한 부분들은 모두 알고 있다.'

경험이란 시간이 지나도 생각보다 쉽사리 잊히지 않는다.

회색교장에서부터 미노타우르스의 마굴 그리고 앞으로 나타날 또 다른 마굴들까지. 파렐 안에서 수없이 경험했던 카릴은 적어도 신탁이 있기 전까지 모든 마굴의 공략법을 알고 있다고 해도 과언이 아니었다.

'루온은 의심이 많은 성격이지만 올리번과 크로멘 때문이라도 결국 병력을 움직이게 될 거야. 포나인에 머물러 있는 시간은 기껏해야 하루에서 이틀 사이.'

카릴은 고개를 끄덕였다.

'충분해.'

원래대로라면 까마득하게 쏟아지는 몬스터 떼에 미궁의 마지막 방에 도달하는 것이 결코 쉬운 일이 아니었다. 게다가 그가 검성이라 불렸던 전생에서도 마굴의 마지막 보스인 미노스를 잡는 데에 이틀이나 걸렸다. 사실상 하루 이틀로 S급 마굴을 공략한다는 것은 어불성설이었다.

끊어지지 않는 왕의 목줄.

하지만 미궁의 지하에서 최하층까지 순식간에 도달한 카릴은 자신에게 굴복하는 두 마리의 몬스터를 바라보며 만족스럽다는 듯 고개를 끄덕였다.

그가 이곳의 공략법을 알게 된 것은 정말로 우연이었다.

'그때는 죽는 줄 알았지. 가까스로 아이아코스와 라다만티스의 눈을 피해 미노스의 방에 도착했는데 녀석이 두 녀석을 소환해 버리다니 말이야.'

세 마리의 몬스터를 동시에 상대해야 했던 카릴은 최하층에서 공격을 피해 쫓기듯 다시 위로 올라갈 수밖에 없었다.

공략법을 알게 된 후에는 978층계의 미노스도 아무렇지 않게 잡게 된 그였지만, 그 당시엔 34층계의 몬스터를 동시에 잡는 것이 매우 버거운 일이었다.

그 순간 다시 지하로 돌아왔을 때 석상의 주위에 카릴이 다가가니 미노스를 제외한 두 마리의 몬스터가 주춤하는 것을 깨달았다.

카릴은 그 찰나를 놓치지 않았다.

일종의 안배(按排).

마굴에는 항상 보스를 사냥할 수 있는 순간이 존재한다. 쌍두수리가 처음에 마굴 안에서는 날개를 제대로 펴지 못해 하늘을 잘 날지 못할 때 사냥하는 것도 그런 맥락이라 할 수 있다.

그것이, 신이 인간에게 주는 배려인지 아닌지는 모른다.

'애초에 이 빌어먹을 마굴을 만든 게 신이라면 그런 안배를 고마워할 필요는 없지.'

카릴은 지긋지긋한 이곳에서 한시라도 빨리 나가고 싶다는 생각이 들었다.

"미노스!!"

아이아코스의 머리 위에서 내려온 카릴이 소리치며 앞으로 나아갔다.

미궁의 마지막인 미노스의 방은 왕의 옥좌라고 하기엔 어둡고 음침했다.

아이아코스와 라다만티스가 있던 시체들이 즐비한 우리처럼 피 냄새가 나지는 않았지만 암굴과 같은 어둠 속에 서 있는 미노스의 모습은 마치 옥좌가 아니라 영좌 위에 앉아 있는 것 같이 보였다.

[실로 오랜만이로군.]

낮고 음침한 목소리가 들렸다.

녹이 슨 것 같이 여기저기 색이 바랜 왕관을 쓰고 있는 미노스는 시체처럼 보이는 탁한 회색 입술을 움직였다.

[살아 있는 자가 이곳까지 온 것이.]

입을 움직이고는 있지만 목을 타고 나오는 목소리가 아니었다. 머릿속에서 울리는 그의 말에 사람들은 놀란 표정으로 위를 바라봤다.

카르릉--!!

아이아코스와 라다만티스가 미노스의 목소리에 움찔거리자 카릴은 쥐고 있던 쇠사슬을 다시 한번 강하게 잡아당겼다.

"쯧-!"

카릴이 두 녀석을 보면서 혀를 찼다.

[께에엥…….]

그러자 녀석들은 꼬리를 만 개처럼 미노스와 카릴 사이에서 어쩔 줄을 모르겠다는 듯 몸을 웅크렸다.

미노스는 자신의 권속들이 인간에게 굴복하고 있는 모습을 보며 굳은 얼굴로 말했다.

[그렇군. 내 사슬을 알아보는 자가 있다니. 내가 있는 곳에 올 만한 자격이 있군.]

"그럼. 꽤 수고스러웠지만. 절대로 잊지 못하지."

카릴은 어깨를 으쓱하며 마치 친구에게 말하는 것처럼 대답했다.

'무신경한 건지 아니면 대범한 건지…….'

'어떻게 저럴 수 있지?'

'공기가 무거워서 숨을 쉬는 것조차 힘든 느낌이야.'

'저런 마물을 앞에 두고 아무렇지도 않으신 건가?'

비올라와 그레이스뿐만 아니라 이번에는 베이칸과 키누까지도 카릴의 모습에 혀를 내두를 수밖에 없었다. 대화의 내용이야 이해하기 어려웠지만 그건 중요한 것이 아니었다.

그제야 그들은 자신과 카릴의 확연한 차이를 제대로 실감할 수 있었다.

'우리가 낄 수 있는 싸움이 아니다.'

무인으로서 자존심이 상하는 일이었지만 이들의 머릿속에

가장 먼저 떠오른 것이 바로 이 생각이었다.

[취익…… 취이익…….]

거대한 거인인 미노스의 양쪽 어깨에 앉아 있는 거대한 뱀이 카릴을 경계하듯 커다란 혀를 내밀며 움직였다.

미노스의 허리를 감으며 옥좌 아래로 내려오자 그는 거꾸로 세워두었던 망치를 쥐고 일어섰다.

"이유가 필요할까."

카릴은 마치 뻔한 무대의 연극을 기다리는 관객처럼 손을 저으며 그에게 말했다.

"마굴이 있기 때문에 토벌한다. 그 이상도 그 이하도 아니지. 우리는 인간이고 너희는 마물이니까."

[나는 신들에게 세계의 규율을, 통치를 인정받았다.]

"인간인 척하지 마."

카릴은 그의 말에 비소를 지었다.

"아니지. 인간이 아니기에 가능한 건가. 확실히 네가 사는 세계와 내가 사는 세계는 다르군. 나는 신 같은 건 만나본 적도 없거든."

[무례한 놈……!!]

미노스는 카릴의 말에 으르렁거리듯 그를 노려보며 소리쳤다.

"맘대로 해. 규율을 지키든 통치하든 내가 알 바는 아닌데. 한 가지 모르는 것 같아서 알려주지. 규율이란 깨뜨리기 위해 존재하는 것이란 걸."

차앙-

카릴이 얼음 발톱을 뽑았다.

차가운 냉기가 일순간 홀 전역에 퍼지자 주위의 사람들이 어깨를 가볍게 떨었다.

"신이 정해놓은 규율은 너희들이나 따라. 우리는 우리로서 행동한다."

[너 역시 그저 이곳에서 사라진 수많은 인간 중 하나가 될 것이다.]

"글쎄. 내가 보기엔 절대로 아닌데?"

카릴은 날카롭게 비웃었다.

미노스는 그런 그의 말에 굳은 얼굴로 되물었다.

[건방짐이 하늘을 찌르는구나.]

"뭐, 그리 대단한 싸움도 아닌데 말이 길어졌다. 네 주제를 알아라. 인간의 언어를 사용할 수 있는 마물이라 특이해 보일 순 있어도 너는 특별하지 않다. 너도 그저 마굴의 몬스터일 뿐."

저벅- 저벅- 저벅-

카릴은 천천히 미노스를 향해 걸어갔다. 그가 반대쪽 손을 품 안에 넣으며 아그넬을 꺼내었다. 청린으로 만들어진 두 개의 무구가 미노스의 기세에 대항하듯 떨렸다.

"매번 똑같은 말을 하는 네 말이 이제는 지겨울 정도야. 억겁의 시간 동안 네 녀석의 목을 몇 번이나 땄지만 너는 만들어진 인형처럼 똑같은 소리만 지껄였지."

34층계에서도, 238층계에서도, 675층계에서도 그리고…….
978층계의 미노스까지.

마치 똑같은 영화를 반복해서 트는 것처럼 녀석은 토씨 하나 틀리지 않고 똑같은 대사를 읊조릴 뿐이었다.

파렐을 오르며 카릴은 알 수 없는 이질감을 느꼈다.

그리고 그가 전생에는 겪어보지 못했던 현생의 마굴 속에서 미노스는 예상대로 똑같은 대사를 읊고 있었다.

'마굴은 인위적으로 만들어진 복제품이다.'

그렇다면 승산이 있다. 카릴은 지금까지 나왔던 그리고 앞으로 나올 모든 마굴을 파렐에서 겪어봤으니까.

"그리고 나 역시 그런 네놈에게 매번 똑같은 말을 해줄 뿐이지."

그는 검을 겨누고 나지막한 목소리로 말했다.

"이것 말곤 할 말도 없거든. 깨끗하게 보내줄 테니 가서 신에게 전해."

[가…… 감히!!]

공포를 모를 것 같은 마굴의 왕이 처음으로 떨리는 목소리로 카릴을 바라봤다.

"너 따위가 인간을 심판한다고?"

몇 번을 반복한다 하더라도 똑같이 말할 것이다.

34층계의, 238층계의, 675층계의 그리고…… 978층계의 미노스에게도.

카릴은 다짐하듯 항상 똑같이 말했다.

[크아아아아--!!]

"×까라 그래."

"모두 자리로!!"

기사인 그레이스는 본능적으로 카릴의 도발이 전투의 시작을 알리는 것임을 느끼고 소리쳤다.

하지만 이미 베이칸과 키누는 전투태세에 돌입한 지 오래였다.

그레이스는 마나 블레이드를 뽑아내며 비올라의 앞을 막아섰다.

"제게서 절대로 떨어지시면 안 됩니다, 왕녀님."

그녀는 긴장한 모습이 역력한 채로 고개를 끄덕였다.

'이제야……. 제대로 확인할 수 있어.'

비올라는 두려우면서도 끝까지 카릴이 싸우는 모습을 놓치지 않으려고 했다. 미노타우르스를 죽일 때도, 미궁의 마물을 길들일 때도 확실히 압도적인 힘을 보여줬지만 그녀가 기대하는 카릴은 그 정도가 절대 아니었다.

우습지만 그 정도는 상식에서 이해할 수 있는 정도였기 때문이다.

상식 밖의 영역. 경계를 초월하는 힘.

그녀가 보고 싶어 하는 것은 바로 그런 것이었다.

이상하게 생각될지 모르지만, 대륙에 5명밖에 존재하지 않는 소드 마스터도 보여주지 못할 엄청난 광경을 그가 자신에게 선사할 것이라는 막연한 기대감이 있었다.

'넌 보여줘야 해, 카릴.'

어쩌면 이건 그녀가 검에 대해서 무지하기 때문에 가능한 상상일지 모른다. 기껏해야 열넷에 불과한 소년에게 소드 마스터를 뛰어넘는 경지를 기대하고 있으니 말이다.

'나는 펜리아 왕국의 국운을 너에게 걸고자 하니까.'

자신은 왕도 아니다. 게다가 왕위 계승 1순위의 왕녀도 아니다.

이런 그녀의 생각은 어쩌면 오만이라 여겨질지 모른다.

그럼에도 불구하고 지금껏 카릴이 이뤄낸 것들을 보며 비올라는 다짐했다.

'바꿀 수 있을지도 모른다.'

카릴이란 한 사람이 펜리아를 영원한 약소국이라는 불명에에서 벗어나게 해줄 기회가 될 수 있을지 모른다는 기대감.

꿀꺽-

그녀는 떨리는 눈으로 그를 바라봤다.

콰아아앙……!!

카릴의 검이 일섬을 내뿜으며 미노스의 옥좌를 갈랐다. 동시에 키누 무카리의 화살이 적의 심장을 노리며 쇄도했다.

[취이익!!]

미노스의 허리를 감싸고 있던 거대한 뱀이 키누 무카리의 화살이 그의 가슴에 닿기 직전 커다란 아가리를 벌리며 막아섰다.

츠으으윽……!! 츠즈즉……!!

청린이 섞인 화살촉이 뱀의 입에 닿자 마치 타들어 가는 것처럼 연기를 뿜어냈다.

[케에에엑!! 케엑!!]

녀석이 고통스러워하는 표정으로 몸을 꺾으며 요동쳤다.

"마스터의 말씀대로군."

"그래."

베이칸의 말에 키누는 고개를 끄덕였다.

나락 바위에서 얻은 청린은 그 자체로도 단단하고 예리하며 마력의 전도율이 뛰어난 금속이라 무척이나 희귀한 것이지만 그것 이외에도 주요한 능력이 있었다.

그건 대륙의 일반적인 마물에게는 이렇다 할 효과를 발휘하지 않지만 마굴 안의 몬스터들에게는 마치 독을 뿌린 것 같은 위력을 냈다.

자유군이 남부의 많은 마굴을 엄청난 속도로 토벌할 수 있었던 이유도 그 때문이었다.

"키누, 베이칸. 저 뱀은 너희들에게 맡기마."

카릴은 왼쪽 입술이 화살에 꿰뚫린 채로 똬리를 틀기 시작하는 미노스의 뱀을 힐끔 쳐다보고는 말했다.

"영광입니다."

키누는 들고 있던 활을 가슴 앞에 세우면서 비궁족의 방식으로 대답했다.

베이칸은 손도끼를 뽑아 달렸다.

그레이스로서는 아무리 무구가 뛰어나다 하더라도 마력도 없는 야만족이 어떻게 저 괴물에게 맞설 수 있는지 상상이 가지 않았다.

그의 마나 블레이드가 마치 감정을 대변하는 것처럼 흔들렸다.

샤악-!!

미노스가 있는 힘껏 거대한 망치를 휘둘렀다. 망치의 머리 부분에서 시커먼 마나 블레이드가 쏘아져 카릴을 덮쳤다.

그는 달리던 걸음을 멈추고 축이 되는 오른발을 옆을 향하게 비틀며 방향을 틀었다. 직각에 가깝게 회전을 하며 다시 한번 지그재그로 방향을 바꾸며 카릴은 녀석의 공격을 순차적으로 피했다.

'여기까지는 상정대로야. 패턴도 달라지지 않아.'

카릴은 미노스가 휘두르는 망치의 궤도를 마치 그 자신보다 더 빠르게 예측하고 한 박자 더 빠르게 피했다.

'이렇게 보니 꼭 파렐이 마물들을 상대하기 위한 연습 장소 같군.'

수도 없을 많은 마물과 타락을 파렐 안에서 죽였던 그에게 오히려 현실의 몬스터는 유약할 정도로 약하게 느껴졌다.

억겁의 시간 동안 갇혀 있었던 끔찍했던 시간이 아이러니하게도 도움이 된다는 사실에 울어야 할지 웃어야 할지 모를 기

분이지만 그런 건 일단 눈앞의 있는 마물의 목부터 베고 생각
할 일이었다.

[크윽……!]

순식간에 거리를 좁혀 자신의 코앞으로 튀어나온 카릴을 보
며 미노스는 당혹스러움이 섞인 탄성을 질렀다.

무색기검(無色氣劍) 4식.

미노스의 어깨 위로 튀어 오른 카릴이 양팔을 엇갈리며 검
날을 세우고서 드릴처럼 회전했다.

촤아악……! 차작!!

왕의 어깨를 베고 지나가는 두 자루의 검. 잘려 나가는 살
점을 밟으며 다시 한번 도약을 한 카릴이 그대로 미노스의 정
수리를 노렸다.

검의 다섯 자세(Five Sword Step).

2번째 외뿔 자세(Unicorn Posture).

카아아앙--!!

미노스가 재빨리 팔을 들어 자신의 머리를 보호했다. 쇠붙이가
부딪히는 날카로운 소리와 함께 카릴의 검이 녀석의 팔뚝에 박혔다.

그 순간 벌어진 상처에서 진득한 검은 연기가 같은 것이 뿜
어져 나왔다.

'이건…….'

카릴은 익숙한 감각에 살짝 인상을 찡그렸다.

'몇 번을 경험해도 뭣 같군.'

그건 타락이 가지는 특유의 냄새였다.

회귀하고 나서 회색교장 이후 두 번째였다.

미노스의 몸 안에 스며들어 있는 타락의 기운을 보며 카릴은 다시 한번 마굴이 파렐과 연관되어 있다는 것을 확인했다.

"큭……!!"

"크윽?!"

거무죽죽한 이끼처럼 공기가 자신을 짓누르는 것 같은 이질적인 느낌이 순간적으로 방 안에 퍼지자 가뜩이나 숨을 쉬기 힘들어하던 나머지 사람들은 더욱더 자신을 짓누르는 것 같은 압박에 비틀거렸다.

'저자는 죽음이 두렵지 않은 건가…….'

하지만 카릴만은 마치 목숨을 내놓은 사람처럼 더욱더 미노스의 팔에 꽂은 검을 쑤셔 넣었다. 치열한 그의 전투를 보며 비올라는 자신도 모르게 마치 기사 서약 당시 신임 기사의 선택을 받은 영애처럼 카릴을 응원하는 자신을 발견했다.

[모두 죽어라……!!]

미노스가 거세게 팔을 휘둘렀다.

부웅!

박혀 있던 얼음 발톱이 뽑히면서 카릴의 몸이 하늘로 떠올랐다.

'지금.'

하지만 녀석의 반격조차 그의 예상에 있는 것인 듯 익숙한 동작으로 카릴이 공중에서 몸을 틀었다.

파앙……!!

그의 발아래에서 공기가 터지는 소리와 함께 카릴은 얼음 발톱을 몸 안으로 잡아당겼다.

파즉……!! 파즈즈즉……!!

탄환처럼 사선으로 쏘아져 나가며 정확히 미노스의 목을 노렸다.

카릴이 얼음 발톱을 잡은 손에 힘을 주었다. 그러자 검날에 숫구친 아케인 블레이드 위에 다시 한번 붉은 화염이 일렁거렸다.

콰득--!

그때였다.

"?!"

얼음 발톱이 요동치면서 카릴의 손아귀에서 튕겨 나가듯 흔들렸다.

[크아아아아--!!]

자세가 무너진 카릴을 놓치지 않고 미노스가 있는 힘껏 망치를 휘둘렀다.

"큭!!"

그의 몸이 녀석의 망치에 바닥에 처박혔다.

"카릴!!"

비올라는 그 광경에 깜짝 놀라며 황급히 소리쳤다.

"쿨럭, 쿨럭……"

[내가 너를 처음 만났을 때 이미 저 빌어먹을 검에는 내 힘

을 쓰지 말라고 했을 텐데.]

머릿속에서 울리는 목소리. 카릴은 우습게도 그 목소리에 어처구니없다는 듯 옅은 웃음을 터뜨렸다.

'미친. 그렇다고 이런 상황에 마력을 거부해?'

알른 자비우스가 잠들고 난 뒤 더 이상 그의 머릿속에 들리는 목소리가 없었는데 오랜만에 들려오는 목소리에 묘한 기분이 들었다.

'너. 말을 할 수 있었잖아? 나는 네가 그대로 잠든 줄 알았는데, 라미느.'

화르륵--!!

그러자 카릴의 손등에 박혀 있는 아인 트리거에서 불꽃이 일더니 일렁이는 작은 화염덩이 하나가 그의 주변을 빠르게 회전했다.

[저따위 검에 내 힘을 주입하다니. 그건 최악의 상성이란 말이다.]

'그건 나도 알아. 하지만 이만한 검이 없으니 그런 거 아냐. 덕분에 죽을 뻔했잖아. 이 빌어먹을 정령왕아.'

[비, 빌어먹을? 에테랄의 힘이 있는 검 안에 들어가는 게 얼마나 기분 나쁜 일인지 네놈이 알아? 저 검에 그녀의 냄새가 남아 있다고.]

'에테랄……? 물의 정령왕을 말하는 거야?'

카릴은 라미느가 해일의 여왕이라 불리는 에테랄을 언급하자 살짝 고개를 갸웃거렸다.

[그것도 모르고 써왔단 말이냐.]

'네 말은 얼음 발톱에 정령왕의 힘이 담겨 있단 말이야?'

[물론. 저 검뿐만 아니라 블레이더가 만든 유물 중엔 우리의 힘이 담긴 것들이 있다.]

카릴은 그 순간 예전에 알른 자바우스가 했었던 말을 기억했다.

'블레이더가 만든 5대 무구.'

드워프와 엘프 그리고 7인의 원로회가 합쳐서 만든 5개의 작품은 굳이 설명하지 않아도 이미 유명한 것들이었다.

이제야 어째서 그 무구가 다섯 자루밖에 만들어지지 못했는지 알 것 같았다.

'단순히 속성 때문이라 생각했는데 그 이상이었어. 다섯이란 숫자는 정령왕의 숫자와 일치하는 거군.'

불의 힘이 봉인되어 있는 차크람, 불타는 징벌(Flame Punish), 바람의 힘이 담긴 지팡이, 무한의 숨결(Infinite breath), 물의 마법검, 얼음 발톱(Freezing Talon).

전생에서 이 3가지의 무구는 봤었다. 나머지 2개의 무구는 소실되어 찾을 수 없었지만, 대륙에 존재하는 한 가능성은 있었다.

'라미느, 그렇다면 네 힘이 봉인되어 있는 무구가 불타는 징벌이겠군.'

[그렇다.]

'그걸 얻으러 가야겠는데.'

카릴은 라미느의 속성이 소실돼 버린 무구가 아닌, 자신이 알고 있는 무구라는 것에 안도했다. 어디에 봉인이 되어 있는지 그리고 누가 어떻게 얻었는지도 기억하고 있었으니까.

[아니. 굳이 찾을 필요는 없다.]

'어째서?'

카릴의 물음에 불꽃이 마치 코웃음을 치는 것처럼 일렁거렸다.

[이미 너라는 무구가 있으니까.]

'뭐?'

[내 힘의 정수라 할 수 있는 아인 트리거가 이미 네 몸에 박혀 있잖아. 네가 제대로 다룰 수 없는 녀석이었다면 그대로 흡수를 시키게 두지도 않았어.]

라미느의 말이 끝남과 동시에 손등에 박힌 화염의 정수가 번뜩였다.

[충분히 무구의 도움이 없이 내 힘을 쓸 수 있는데 굳이 비효율적이게 너보다 하급인 무구를 써야 할까? 네가 나가(Naga)들처럼 팔이 여러 개라서 여유가 되면 모를까.]

라미느의 말에 카릴은 고개를 끄덕였다.

'네 말이 맞아. 차라리 다른 속성의 힘을 쓸 수 있는 무구를 쓰는 게 낫겠지. 네 말에 따라 계속 얼음 발톱을 써야겠군.'

[……왜 결론이 그렇게 나는 거냐.]

세상에 어느 누가 폭염왕을 놀릴 수 있겠느냐마는 카릴은 뾰로통하게 들리는 그의 목소리에 피식- 웃었다.

'비전력에 폭염을 섞는 것은 어때?'

[상관없다, 아니, 오히려 훌륭하지. 어차피 네가 가진 마력은 용마력에 기반을 둔 것이니까. 더욱이 네가 먹은 용의 심장이 염룡 리세리아의 것이지 않으냐.]

카릴은 그의 말에 고개를 끄덕였다.

[오히려 상성이 좋지. 저 망할 검에만 쓰지 않으면…….]

화르르륵……! 파즉……!

그 순간 아그넬의 검날이 전격과 화염에 휩싸이면서 맹렬한 기세로 타올랐다. 단검의 날이 마치 얼음 발톱처럼 길어지면서 마치 불에 달궈진 것처럼 자줏빛의 검날로 변했다.

청린 자체가 마력을 받아들이기 쉬운 광물이기도 했지만 비전력과 라미느의 화염이 합쳐진 결과는 카릴의 예상을 뛰어넘는 것이었다.

[이 정도는 우습지.]

그런 카릴을 향해 라미느는 말했다.

치이이익-!! 치직--!!

놀랍게도 아그넬의 검날에 공기가 닿자 매캐한 냄새와 함께 미노스의 몸 안에서 흘러나온 타락의 기운을 태워 버리기 시작했다.

[크르르…….]

그 광경을 보자 지금까지와는 다르게 처음으로 미노스가 겁에 질린 맹수처럼 낮게 으르렁거렸다.

'회색 오크를 잡았던 게 저 힘인 건가…….'

한 손엔 붉은 화염의 검을 그리고 반대쪽에 차가운 냉기의 검을 쥔 카릴의 모습에 그레이스는 매료된 듯 눈빛이 흔들렸다.

카릴은 미노스를 향해 저벅저벅 걸어갔다. 조금 전과 달리 망치를 움켜쥔 녀석의 팔이 가볍게 떨리는 것 같았다.

[그리고 말은 바로 해야지. 네가 조금 전 나 때문에 죽을 뻔 했다고?]

라미느의 불꽃이 카릴의 손등 안으로 흡수되자 아그넬의 검날이 더욱더 빛났다.

[너.]

폭염왕은 속삭이듯 말했다.

[애초에 마력 같은 건 안 써도 저런 조무래기는 그냥 죽일 수 있잖아.]

"마굴 주위에 소환되었던 몬스터들은 모두 정리가 끝난 상 태입니다."

아지프의 보고에 루온은 더 이상 시간을 지체할 수 없다는 것을 깨달았다.

"한 가지 의문스러운 것은 어째서 트윈 아머에 병력을 배치 하지 않고 밖에 진을 친 것인지 찝찝하지만 이대로 가만히 바 라만 보고 있을 순 없는 일."

"그렇습니다."

아지프는 루온의 말에 고개를 끄덕였다.

다만 현재 모인 대군에 비하면 극소수에 불과하지만 가장 선두에 서 있는 1천의 의문의 병력이 마음에 걸릴 따름이었다.

"그러시다면……?"

"진군할 수밖에."

예상했던 일이지만 루온의 입에서 명령이 떨어지자 아지프는 조심스럽게 말했다.

"차라리 다시 한번 화친을 요구하시는 것은 어떠십니까. 피해가 크다고는 할 수 없지만 어쨌든 저들도 마굴에 의해 병력 손해를 입었습니다."

"됐어. 제국은 이미 출병 전에 공문을 보냈다. 그런데도 이런 식으로 나온다는 건 두 가지겠지."

루온은 트윈 아머를 바라보며 말했다.

"저 두 사람이 왕국의 명을 어기고 문을 열어주지 않는 것이거나 아니면 왕국이 우리를 거절한 것이거나."

"……"

타국을 통과할 때 일정 수 이상의 병력을 움직이게 될 때 공문을 통하는 것은 왕국 간의 규율이었다. 그리고 당연하게도 그것을 거절할 권리 역시 왕국에 있었다.

너무 안일했다. 7만이란 대군을 움직였으니 루온은 당연히 성문을 열거라 생각했다. 제국이라는 자신의 배경을 믿었기 때문이다.

"전자라면 우리가 침공을 해도 명령을 어긴 죄로 그들도 뭐라 하지 못할 터. 후자라면 어차피 치러야 할 전쟁. 시기가 조금 앞당겨져도 상관없겠지."

아지프는 그의 말에 인상을 찡그렸다.

그는 낮은 한숨을 내쉬었다.

'안타깝구나. 이번 원정에 무슨 일이 있어도 브랜을 데리고 오는 것이었는데⋯⋯. 그랬다면 분명 번뜩이는 계책을 내어놓았을 텐데.'

예상치 못하게 트윈 아머에 발이 묶이고 나서 엎친 데 덮친 격으로 마굴까지 생성된 최악의 상황에서 아지프의 머릿속에 계속해서 떠오르는 사람이 있었다.

바로 브랜 가문트. 그는 아지프의 먼 친척이었다. 가문이 몰락하는 바람에 어린 시절부터 자신에게 의탁해서 지냈던 그는 아지프의 추천으로 몇 해 전 황궁 도서관의 서기가 되었다. 정통 귀족이라 할 수 없어 아카데미에 들어갈 순 없지만 아지프는 어렸을 때부터 그의 비상함을 눈여겨봤었다.

그렇기 때문에 많은 것을 보고 배울 수 있는 황궁 도서관의 서기에 그를 추천했다.

처음에 루온의 제의를 받았을 때 가장 먼저 떠올렸던 것도 그였으니까.

'브랜, 하필이면 부상을 핑계로 브레라도에 있는 바람에 직

접 보지 못하고 서신을 보내기만 했었는데……. 어째서 오지 않았더냐.'

아지프는 입술을 깨물었다.

단지 몸이 약해 부름에 불응한다는 뜻만을 밝힌 브랜의 답장에 처음에는 아쉽지만 그러려니 했었다. 그런데 왠지 자꾸만 그가 일부러 자신을 피했던 것은 아닌가 하는 생각이 들었다.

"이대로 물러난다면 제국은 삼국의 문을 열기 위해 국경지대의 백성을 이용했다는 씻을 수 없는 오명을 뒤집어쓰게 된다."

아지프는 루온을 바라봤다.

'제국이 아니라 루온 황자 당신이 오명을 쓰겠지. 그리고 과연 그게 오명일까. 실제로 그들을 포로로 사용한 것은 사실인 것을.'

금기사단의 부단장이자 전통적인 제국의 명가인 그는 당연히 적자이자 1황자인 루온을 지지하는 것이 귀족으로서 사명이라 생각했다. 그렇기 때문에 단장의 만류에도 불구하고 부상이란 평계로 영지에 머물다 이번 원정에 참가한 것이다.

'후우…….'

아지프는 모를 것이다. 브랜 가문트가 전생에 올리번을 도와 제국의 부흥을 일으켰던 제국 7강 중 한 명이었다는 걸.

어쩌면 이미…… 그는 아지프와 다른 길을 걷고 있을지도.

"출진한다."

루온은 나지막하게 말했다.

이미 돌은 던져졌다. 돌이킬 수 없는 일이라면 무슨 일이 있더라도 앞으로 나아가는 수밖에 없었다.

"명을 받들겠습니다, 황자님."

아지프는 검을 거꾸로 들고 고개를 숙이며 대답했다.

"후우……."

마르제는 분주하게 움직이는 제국군의 모습을 바라보며 긴장 섞인 한숨을 내쉬었다.

'트윈 타워의 병력은 두 성을 모두 합쳐도 3만.'

총병력의 수도 차이 나지만 제국군에 비해 마법 부대의 수가 턱없이 부족해 후방 지원부대가 없는 상황이었다.

'이런 상황에서 공성전이 아닌 전면전으로 싸운다는 것은 자살행위다.'

'시간 끌기는 여기까지인가…….'

카릴의 말에 병력을 해자를 끼고 집중시켜 제국군의 움직임을 막는 데까지는 성공했다.

하지만 루온의 의심은 오래가지 않았다.

'우리가 바보 같았어. 하루 이틀 내에 S급 마굴을 토벌할 수 있을 리가 없는데.'

'지금이라도 병력을 물리는 수밖에…….'

마르제가 고개를 돌리자 아벤은 그와 생각이 같다는 것을 직감한 듯 고개를 끄덕였다.

"제국군이 진격을 준비하고 있네. 아무리 생각해도 수성으로 그들을 상대하는 것이 옳을 터. 자네들은 어찌할 셈이지?"

아벤은 자유군의 부관에게 물었다.

"저희는 이곳에 있을 것입니다. 마스터께서 자리를 지키라 하셨습니다."

"허허……."

표정 하나 변하지 않고 대답하는 그의 모습에 마르제는 자신도 모르게 낮은 탄성을 뱉었다.

'강심장인 건지 무모한 건지……. 우리가 물러나면 7만의 대군을 상대로도 싸우겠다는 말인가.'

자유군의 부관이 손을 들어 올렸다.

철컥!! 척!!

그러자 병사들은 일제히 창과 방패를 들어 진형을 짰다. 그런 그들의 모습을 보며 두 사람의 눈빛이 흔들렸다.

"부끄럽군. 우리만 살겠다고 우리를 도와준 자들을 버리고 가려고 했으니."

마르제는 방패를 고쳐 쥐면서 낮은 목소리로 말했다.

"그래. 같은 생각이야. 우리야 충분히 오래 살았어. 목숨이 아까운 건 아니지."

아벤 역시 검을 잡으며 말했다.

"고작 이번 한 번이라고 용인할 수 있는 문제가 아니지. 트윈 아머의 문이 열리면 제국은 결코 삼국을 그냥 두지 않을 것이다."

와아아아아아--!! 와아아--!!

그 순간. 7만 대군의 함성이 쩌렁쩌렁하게 울렸다.

"트윈 아머의 병사들이여!!"

마르제는 제국군의 함성에 대항하듯 소리쳤다.

"공……!!"

일촉즉발의 상황. 대지가 흔들리는 울림이 울렸다.

그때였다.

우우우우우우--!!

"……!!"

모두의 시선이 한곳으로 쏠렸다.

"이, 이게 무슨……!!"

"설마……!?"

돌진을 하려던 제국군의 함성이 멈추고 트윈 아머의 군대
그들을 바라본 채로 굳었다.

전투가 벌어지기 일보 직전. 전장에 세워졌던 거대한 마굴
이 마치 신기루처럼 흐릿하게 사라지고 만 것이다.

서걱-!

카릴은 아무런 망설임 없이 미노스의 목에 검을 박아 넣었

다. 차갑게 얼어 머리가 떨어져 나가 바닥을 굴렀지만 피 한 방울 흐르지 않았다.

미궁 안에서 그의 모습을 지켜본 사람들은 넋을 잃은 듯 그저 바라볼 뿐이었다.

치이이익……!!

그 순간 카릴은 바닥에 떨어진 녀석의 머리에 다시 한번 아그넬을 꽂았다. 꺼지지 않는 폭염왕의 불꽃을 머금은 검날이 미노스의 잘린 머리에 닿자 맹렬한 수증기가 솟구쳤다.

퍼엉!!

그러더니 끝내 그 열기를 이기지 못하고 폭발하듯 산산조각이 났다.

스윽-

카릴은 사방으로 뿌려진 마물의 잔해를 아무런 감흥 없이 발로 바닥을 쓸면서 고개를 들었다. 일렁이는 화염과 차가운 냉기가 그의 주위에서 매섭게 몰아쳤다.

주위를 훑었다.

마굴의 보스가 사라지자 어느새 미궁 역시 신기루처럼 없어졌고 그 대신 전장의 탁한 냄새가 카릴의 코를 찔렀다.

"……."

격돌하려던 두 군세. 사람들은 부서진 거대한 마물의 얼굴을 바라보며 경악에 가득 찬 얼굴이었다.

"후우……."

수만 대군이 집결 하고 있는 전장의 한복판에서 카릴은 낮은 숨을 토해냈다.

"늦지 않았군."

"이…… 이게 어떻게 된 일이야!!"

루온은 갑작스럽게 나타난 카릴의 모습에 미친 듯이 소리쳤다. 그리고 놀라기는 마르제와 아벤 역시 매한가지였다.

다만 욕지거리를 내뱉으며 소리치는 루온과는 온도 차이가 극명한 놀라움이었다.

'정말…… 성공하다니.'

마르제와 아벤은 카릴의 모습을 바라보며 똑같은 생각을 했다. 그건 전율(戰慄)이었다.

처음부터 예상은 했었다. 나이로 예상할 수 있는 미숙함이라고는 그에게서 보이지 않았다는 것을.

하지만 그 예상이 현실로 증명될 때의 감동은 직접 목격하지 않는다면 절대로 알 수 없는 것이다.

'아니, 그 이상이다.'

무인으로서 세상의 강함에 순위를 구분 짓는다면 그 정상은 역시나 대륙에 다섯뿐인 소드 마스터일 것이다.

'과연 그들 중에 저 나이에 저 경지에 오른 자가 있을까.'

실로 마르제는 자신이 평생 봐왔던 최정상에 도달한 자들보다 지금 그들보다 어린 카릴이 가장 완벽한 압도감을 뿜어내고 있음을 느꼈다.

울컥-

마르제는 자신도 모르게 심장이 쿵 하고 내려앉는 기분이 들었다. 정체, 연고지, 나이 할 것 없이 그에 대한 제대로 된 정보는 아무것도 없었다.

그런 그에게 어쩐지 눈시울마저 붉어지는 감동을 느끼고 만 것이다.

'나도 미쳤군…….'

평생을 바쳐 왕국에 충성을 맹세한 노기사는 왕 이외에 다른 자에게 그런 감정을 느꼈다는 것을 부정하려 했다. 하지만 붉은 노을이 마치 후광처럼 뒷모습을 비추고 있는 카릴의 모습에서 그는 자신도 모르게 주먹을 쥔 손에 힘을 주었다.

카릴은 저벅저벅 소리를 내며 천천히 걸음을 옮겼다. 그의 뒤를 베이칸과 키누 무카리, 비올라와 그레이스가 따랐다.

따로 명령하지 않아도 트윈 아머에서 대기를 하고 있던 1천의 자유군이 그의 발걸음 속도를 맞추며 7만의 대군을 향해 걸음을 옮겼다.

"아직 일러, 루온."

그는 천천히 자신의 앞에 서 있는 제국군을 바라보며 낮은 목소리로 말했다.

"이 정도로 놀라기엔 말이야."

촤아아아아아악--!! 촤아악--!!

그때였다. 제국군이 포진해 있는 거점 뒤편에 잠잠하게 흐르고 있던 포나인의 강물이 폭발이라도 일어난 것처럼 솟구쳐 올랐다. 사방에서 떨어지는 물방울에 대열을 지키고 있던 병사들이 깜짝 놀라며 뒤를 돌아봤다.

"무, 무슨 일이야?"

"갑자기 이게……."

"적군인가?!"

지금까지 아무 일도 일어나지 않았던 강물에서 폭음이 터지자 우왕좌왕하는 병사들 사이로 부관들이 소리쳤다.

"지금 당장 강물을 확인해라!!"

"적습에 대비하여 후방의 병력은 전투태세를 유지하라!!"

잠깐의 혼란은 있었지만 훈련이 잘되어 있는 제국군답게

하지만 그 안정을 비웃듯.

[크르르르르……]

강물 아래에서 천천히 올라오는 거대한 마물이 병사들을 내려다보며 날카로운 송곳니를 드러내며 으르렁거렸다.

"수…… 수왕(水王)?!"

사람들은 갑자기 나타난 씨 서펀트의 모습에 입을 다물지 못했다.

"분명……. 포나인의 주인이 죽었다고 하지 않았어? 제길……!! 이런, 머저리……! 제대로 확인도 하지 않고!!"

루온은 이를 바득 갈면서 소리쳤다.

거세기로 유명한 포나인을 쉽사리 건너온 것이 다행이라고 여겼는데 이제는 도리어 뒤로 물러설 퇴로가 막혀 버린 셈이다.

하지만 후회를 하기엔 늦었다.

"그래 봐야 고작 한 마리다. 수왕이 대단한 몬스터라도 제국 군 7만이 사냥을 못 할 것도 없다. 아지프, 병력을 나눈다."

"네?"

"어차피 트윈 아머의 수비군은 우리를 먼저 치진 못할 테니 까. 녀석들은 우리가 차라리 우회하길 바라고 있을 거야."

그는 악에 받친 목소리로 말했다.

"수왕의 목을 베고 후방을 안정화시킨다."

차르륵……!! 차착……!!

그때였다. 루온의 다짐을 비웃기라도 하는 듯 수왕의 주위 에서 포나인에서는 볼 수 없는 거대한 촉수들이 튀어나와 강 가에 포진되어 있던 병력을 향해 쏟아졌다.

"으아아악!!"

"아아악!!"

바닥을 쓸어 담는 것처럼 거대한 촉수가 가로로 병력을 밀 고 지나가자 수십 명의 병사가 촉수의 빨판에 옴짝달싹 못 하 고 달라붙었다.

"우욱……!!"

"우우웁……!!"

촉수가 둥글게 말리며 그대로 병사들을 강물 안으로 빨아 들였다. 바둥거리는 손들이 힘없이 가라앉자 수명 위로 부글거리는 공기 방울이 몇 개만이 힘겹게 터졌다.

"……."

순식간에 일어난 일이라 병사들은 반응조차 하지 못한 채 자신들의 동료가 물속에서 죽어가는 것을 멍하니 바라볼 뿐이었다.

"뭐…… 뭐지? 저건."

병사들은 공포 가득한 눈빛으로 강물을 바라봤다. 수면 위로 떠오르기 시작하는 병사들의 시체 사이로 조금 전 순식간에 그들을 죽여 버린 촉수가 다시금 밖으로 올라왔다.

[크르르……]

문제는 그런 촉수가 하나가 아니라는 것이었다.

하나, 둘 모습을 드러내는 촉수의 크기는 거의 씨 서펀트와 견주어도 될 만큼 거대했다.

차르륵……! 차륵!!

채찍처럼 사방으로 움직이는 촉수.

그것들은 어쩐지 민물이 마음에 들지 않는 듯 씨 서펀트의 주위로 병사들을 유린하기 시작했다.

부글…… 부글…….

강물 안에 거대한 물체가 거품을 뿜어내며 가라앉아 있었다. 물 안에서 자신들을 바라보고 있는 거대한 눈알이 좌우로 움직였다.

"설마……."

그 순간 사람들은 깨달았다. 동료를 빨아들였던 강물 속에서 튀어나온 10개의 촉수는 촉수가 아니라 저 거대한 눈알을 가진 괴물의 다리였다는 걸.

"말도 안 돼……. 어떻게……."

마치 있어서는 안 될 것을 본 것처럼 병사들은 자신도 모르게 물러나며 소리쳤다.

아니, 실제로 있어서는 안 되는 것이다.

"해왕이 어떻게 포나인 강에 있단 말이야?"

"설마……. 우릴 잡으러?"

"말도 안 돼!!"

그 낮은 물음은 마치 전염병처럼 삽시간에 7만이란 대군을 겁에 질리게 만들었다.

하나도 아닌 둘이다. 그것도 대륙의 공포라 불리며 결코 자신의 영역에 다른 강자의 침범을 용납하지 않을 두 괴수가 지금 한 자리에 있었다. 자신들의 목숨을 탐하고자.

"그래. 놀라긴 너무 일렀어, 루온. 이 정도는 돼야 진짜지."

카릴은 그제야 만족스러운 표정으로 말했다.

"으…… 으아악!!"

"사, 살려줘!!"

병사들은 무기를 버리고 흩어지기 시작했다.

"모두 정신 차려!! 전열을 유지해라!!"

아지프는 마력을 담아 외쳤다. 하지만 기사단이라면 모를까 이미 패닉에 빠진 일반병들은 그의 목소리가 들릴 리 없었다.

[크아아악……!]

[퀘웨엑!!]

하지만 그 순간 씨 서펀트와 크라켄의 비명이 동시에 울리자 너도나도 할 것 없이 진열을 무너뜨리고 도망치던 강가 근처의 병사들이 굳어버린 듯 멈춰 섰다.

두 괴물의 포효에 그들은 도망칠 힘조차 빠져 버리고 만 것이다.

콰직!! 콰아아앙--!! 콰드드득······!!

석상처럼 멈춘 병사들을 향해 수왕이 커다란 입을 벌렸고 해왕의 다리가 쏟아졌다.

"믿을 수가 없군······."

"몬스터가 우리를 위해 싸운다는 말인가."

꿈을 꾸고 있는 것일까.

마르제와 아벤은 지금 이 상황을 눈으로 보면서도 믿을 수가 없었다.

그때였다. 모두가 넋을 잃고 바라보고 있는 순간에도 카릴은 기회를 놓치지 않았다.

"전군(全軍)."

스아아아앙--!!

그가 하늘 높이 얼음 발톱을 들어 올리자 자유군뿐만 아니라 트윈 아머의 군사들마저 일제히 그에게 집중되었다.

카릴은 낮게 말했다. 하지만 그 목소리는 마력을 담아 소리쳤던 아지프의 목소리보다 더 선명하게 병사들의 귀에 꽂혔다.

"진격하라."

▶**Chapter 6**◀

"으아악……!!"

"아악!!"

사방에서 비명이 들렸다.

뒤에는 포나인의 괴물들이 앞으로는 트윈 아머의 군사가 목을 조여 오는 상황에서 혼란에 빠진 제국군의 사기는 바닥으로 떨어진 지 오래였다.

"제길……!!"

루온은 정리가 되지 않는 병사들 사이에서 당혹스러운 듯 소리쳤다.

"아지프 경!!"

믿을 수 있는 것은 그뿐이었다.

"일단 후퇴를 하여 재정비를 하시는 것이 좋을 듯싶습니다,

황자님. 두 마리를 동시에 상대하는 것은 피해가 너무 큽니다."

"후퇴? 어디로 말인가. 지금 뒤에는 괴물들이 우릴 잡아먹기 위해 기다리고 있잖은가!"

조금 전의 자신만만한 태도는 사라지고 루온은 악에 받친 듯 소리쳤다.

"진정하십시오. 수왕과 해왕이 어째서 같이 있는지는 모르 겠으나…… 어차피 저 둘은 심해의 몬스터들입니다. 다른 수 속성 몬스터와 다르게 뭍으로 나올 수 없는 녀석들입니다."

"그래서?"

"다행이라면 다행일까 대로를 통해서 온 이곳은 포나인의 수위가 가장 낮은 곳입니다."

아지프는 황급히 북쪽을 가리키며 그에게 말했다.

"여기서 좀 더 위쪽으로 이동하면 깊이가 허리까지 오는 곳 이 있습니다. 평상시라면 포나인의 물살이 강해서 도하를 하 는 것이 불가능하지만, 지금은 다릅니다."

루온은 처음 강을 건넜을 때 잠잠했던 물살을 떠올렸다. 확 실히 지금 정도라면 충분히 걸어서 건널 수 있었다.

"게다가 깊이가 얕아서 수왕과 해왕은 거기까지 오지 못할 겁니다."

아지프는 고개를 돌려 자신들을 향해 진격하는 카릴의 자 유군을 보며 살짝 입술을 깨물었다.

"만일에 경우 강을 건너지 못한다 하더라도 후위가 안정된 상황이라면 저 정도의 병력은 충분히 박살 낼 수 있습니다."

퇴각하지 않더라도 적어도 이곳을 전장으로 삼는 것만큼은 피해야 한다.

'갑작스러운 몬스터의 습격 때문에 이렇게 되었지만 사실상 피해는 크지 않다. 병력의 차이는 여전히 우리가 3배. 충분히 승산이 있다.'

아지프의 생각을 읽은 듯 루온은 그를 바라보며 고개를 끄덕였다.

그가 검을 들어 올렸다. 그러자 명령을 알리는 깃발이 하늘 위로 솟아올랐다.

"……퇴각한다!!"

"제국군이 후퇴하기 시작했습니다."

눈이 좋은 키누 무카리가 수 킬로미터 떨어져 있는 제국군 사이에서 흔들리는 황자기(皇子旗)를 바라보면서 말했다.

"깃발이 북쪽을 향하고 있습니다."

"예상대로군."

카릴은 키누의 보고에 고개를 끄덕였다.

"최소한 전략을 아는 자라면 그렇게 할 테니까. 하지만 그런 뻔한 궁여지책은 적군도 충분히 예상할 수 있다는 것은 생각하지 못한 것 같군."

"숲의 준비는 끝났습니다."

그의 말이 끝나기가 무섭게 카릴의 앞에 두 사람이 무릎을 꿇고서 고개를 숙이며 말했다.

"으흠."

그 둘은 두샬라와 함께 루온을 유인했던 부하들이었다.

"고생이 많았군."

"아닙니다."

그들의 보고에 카릴은 만족스러운 듯 고개를 끄덕이고는 천천히 손을 들었다.

그러자 진격을 하던 자유군이 일제히 걸음을 멈추었다.

"키누."

"네, 마스터."

"저 깃대에 화살을 맞힐 수 있나."

그의 물음에 모두의 시선이 키누 무카리에게 쏠렸다. 제국군과 자유군의 거리는 아직도 1킬로미터 이상 벌어져 있었다. 게다가 황자의 깃발은 병력의 더 안쪽.

최소 1.5킬로미터 떨어진 거리의 표적을 맞힐 수 있냐고 물어보는 것이었다.

"네."

베이칸은 아무렇지 않은 표정으로 대답하는 키누 무카리의 모습에 낮은 웃음을 터뜨렸다.

'역시……'

그의 곡궁의 사정거리는 최대 500미터였지만 표적을 맞힐 정도의 정확성을 따지자면 유효거리는 절반밖에 되지 않는다. 그것조차도 웬만한 비궁족에 견주어도 손색이 없는 실력이었다.

그런데 2배, 3배도 아닌 6배나 되는 거리를 맞출 수 있느냐고 카릴은 묻고 있었다.

"허……."

"저걸……?"

웃음을 터뜨리는 그와 달리 키누의 대답에 나머지 사람들은 할 말을 잃고 말았다.

마법을 쓰는 것도 아니고 대륙을 통틀어 그 어떤 궁수도 자신의 완력과 두 눈으로 그런 일을 해낼 수 있는 자는 없을 것이다.

알른 자비우스가 했던 것처럼 정말로 그는 바람 정령의 축복을 받고 태어난 것일지 모른다.

쫘드드득--!!

키누 무카리는 등에 메고 있던 화살통에서 화살을 꺼내 있는 힘껏 시위를 당겼다. 초승달 같았던 활이 활시위가 팽팽하게 당겨지면서 만월에 가깝게 늘어났다.

파앗!!

깃대를 향해 당겼던 시위를 놓자 화살은 미친 듯한 속도로 상공을 갈랐다.

파직--!!

"우악?!"

강을 따라 이동하던 루온은 갑자기 깃대가 부러지며 자신의 앞으로 떨어지자 눈빛이 흔들렸다.

"……."

그때였다.

부러진 깃대에 정신이 팔려 있던 그가 고개를 들자 순식간에 시야가 흐릿해졌다. 그는 다급한 마음에 눈을 몇 번이나 비볐다.

하지만 루온의 눈이 이상해진 것이 아니었다.

'이건……'

안개였다. 주변으로 갑작스럽게 짙은 안개가 생기는 것을 보며 인상을 구겼다. 자연 현상에 불과한 안개야 어디에 생긴다 하더라도 이상할 게 아닌 일이지만 지금은 달랐다.

낯익었다. 기분 나쁜 느낌.

이건 처음 대로를 따라 길을 갈 때 자신들을 방해했던 그 안개였다.

콰아아앙--!! 콰강--!!

갑자기 여기저기에서 폭음이 터져 나왔다.

"아아악!!"

"아악!!"

사방에서 들려오는 비명에 루온은 황급히 주위를 살폈지만 이미 짙어진 안개는 바로 옆에 누가 있는지도 알 수 없을 정도였다.

저벅- 저벅- 저벅-

요란스러운 상황에서도 어째서인지 자신을 향해 다가오는 발걸음 소리만큼은 명확하게 들렸다.

"설마……."

루온은 황급히 고개를 돌렸다. 진하게 뿌려진 안개 때문에 한 치 앞도 볼 수 없었지만, 그는 자신의 앞으로 누군가 다가오고 있다는 것을 직감했다.

부러진 깃대에서 왔던 불안감이 현실로 다가오고 있었다.

툭-

루온은 자신의 앞으로 떨어지는 뭔가를 바라봤다.

단순한 돌멩이 같아 보이던 그것에서 마력이 느껴졌다.

우우우웅…….

우웅…….

자세히 보니 그건 적명석과 요람석을 끈으로 묶어놓은 것이었다. 두 개의 서로 다른 속성의 마력이 반응하며 강가 주변의 공기가 일순간 뜨거워졌다가 순식간에 차가워졌다. 그러자 속성석 주변으로 새하얀 연기가 생성되기 시작했다.

"적명석보다 요람석의 각(角)의 개수가 높은 걸 이렇게 같이 묶어서 붙이게 되면 요람석의 냉기가 적명석의 화염을 누르게 돼 일순간 온도 차이가 생기면서 특수한 안개가 만들어지지."

안개 사이로 목소리가 들렸다.

"별건 아냐. 지금의 마법회 마법사들도 알고 있는 사실이니까. 다만 이걸 연막탄으로 만들어 전쟁에 사용되기까지는 좀 더 시간이 걸리지만."

솨아악……!!

일순간 바람이 일면서 루온의 발아래의 흙들이 먼지를 일으키며 파헤쳐졌다. 바닥 아래엔 조금 전 떨어진 속성석 묶음들이 곳곳에 박혀 있었다. 바닥 아래에서 뿜어져 나오는 연기가 마치 안개처럼 일대를 뒤덮은 것이다.

'……함정.'

이미 적은 자신들이 이쪽으로 향할 것을 알고 안개를 준비했다.

"언제부터냐."

루온은 부르르 몸을 떨며 말했다.

"처음부터 모든 게 네놈 짓이란 거냐."

인정하고 싶지 않다는 표정으로 안개 속에 흐릿하게 보이는 검은 그림자를 향해 말했다.

"우리를 이곳으로 유인한 것부터 모두 네놈이 만든 거냔 말이다!"

생각해 보면 계획이 틀어진 것은 안개 속에서 두샬라를 만

나서부터였다. 그녀가 자신들을 트윈 아머로 인도하지 않았더라면 지금쯤이면 남부에 도달하고도 남았을 것이다. 그저 올리번과 크로멘보다 조금 더 빨리 도착하려던 욕심이 만든 상황이라고 하기엔 억울한 요소가 있었다.

'안개로 길을 헤매지만 않았더라면 그년을 따라갈 이유도 없었어······!!'

루온은 거칠게 검으로 안개를 갈랐다.

구토가 쏠릴 정도로 지긋지긋하고 역겨운 기분이었다.

"누가 누굴 탓해? 7만이란 대군의 목숨을 쥐고서 제대로 확인도 하지 않고 여색에 눈이 멀어 그런 덜떨어진 짓을 한 게 누군데."

"네놈······."

루온은 그 목소리의 주인공을 기억하고 있었다. 트윈 아머에서 후퇴를 할 때 갑자기 나타나 자신의 길을 막았던 자였다.

"역시 그년과 한패였어."

카릴을 향해 으르렁거리듯 말했다.

스릉-

그 순간 날카로운 검의 살기가 느껴졌다.

하지만 카릴은 아무렇지 않다는 표정으로 그저 입꼬리를 올리며 말했다.

"억울해? 전쟁이란 이런 거야."

콰아아앙--!! 콰앙--!!

"황자님!!"

그 순간 묵직한 검기와 함께 굉음이 터져 나오면서 루온의 몸이 비틀거리며 앞으로 튕겨 나갔다. 안개 속을 뚫고 온 아지프가 황급히 루온을 끌어안으면서 검을 들었다.

"저놈이다! 아지프!! 저놈이 이 안개를 만들고……."

"습격입니다."

"뭐?"

"안개를 틈타 적이 습격했습니다. 병사들이 흩어져 진열을 유지할 수 없습니다. 부관들에게 명해뒀습니다. 일단 기사단과 함께 후퇴하시는 것이……."

"후퇴? 말 같지도 않은 소리 하지 마! 7만이 고작 2만에게 도망치는 게 가당키나 한 일인가!"

루온은 격하게 소리쳤지만 아지프는 냉정하게 말했다.

"황자님, 이런 상황에서는 적군과 아군을 구분하는 것조차 어렵습니다. 이대로 싸우는 것이야말로 위험합니다."

"크윽……!!"

"이제 코앞입니다. 일단 강을 건너는 것이 중요합니다."

"망할…… 그 두 녀석에게……."

더 이상 황궁에서 고고하고 품위 있던 제1황자는 없었다. 절벽의 끝에 몰리는 상황에 오자 황제를 닮은 불같은 성격이 튀어나왔다.

"이 상황에서도 네 사람들의 안위를 걱정하는 것이 아니라 고작 형제간의 경쟁을 걱정하는가?"

카릴은 그런 그를 바라보며 헛웃음을 지었다.

"저급한 네놈이……. 이 일이 얼마나 중요한 것인지 알기나 하느냐!!"

루온은 악에 받친 듯 소리쳤다.

'네가 왜 올리번에게 졌는지 확실히 알겠군.'

"……."

그런 그를 바라보며 카릴은 담담한 목소리로 말했다.

"네놈들 가족 싸움은 내가 알 바 아니지."

씰룩-

아무렇지도 않게 대답하는 그의 모습에 루온의 입꼬리가 꿈틀거렸다.

"황자님."

아지프는 긴장한 얼굴로 말했다.

그 순간 안개 속을 뚫고 나온 금기사단의 기사들이 카릴의 앞을 막았다.

"어서 가십시오. 이곳은 저희가 맡겠습니다."

기다렸다는 듯 아지프가 루온의 허리를 감싸며 마력을 끌어모았다.

"네놈……. 기필코 내가 네 목을 베겠다."

루온은 아지프에 매달리다시피 한 꼴사나운 모습으로 말했다. 비웃을 가치도 없는 그 광경에 카릴은 눈길조차 주지 않았다.

파앗-

"흐음."

도망치듯 달리는 그의 뒷모습을 보며 어쩐 일인지 카릴은 뒤쫓지 않았다. 대신 앞도 보이지 않는 안개 속에서 그는 나지막하게 말했다.

"장막을 거둬."

화아아악……!! 화악……!!

거센 바람이 일면서 언제 그랬냐는 듯 숲을 뒤덮었던 안개가 사라졌다.

"이, 이게 무슨……?"

"어떻게 된 거지?"

이제 죽었구나 생각했던 제국군의 병사들은 안개가 걷히고 나자 주위에 적군이 없다는 것을 깨닫고 어리둥절한 표정이었다.

"……습격이 아냐?"

분명 들렸던 요란한 전투 소리, 비명, 그리고 피 냄새까지 느껴졌었다.

"그게 다……."

"가짜?"

물론 사상자는 존재했다. 하지만 대부분이 혼란에 빠진 병사들이 자기들끼리 싸운 결과였다.

"하지만……"

바닥에 뿌려진 혈흔들. 그중 대부분은 시체가 아닌 무언가 터진 듯 쏟아진 피들이었다.

"이게 뭐지?"

병사 중 몇몇이 바닥에 있는 찢어진 주머니를 들었다. 그 안에는 핏물이 들어 있었는지 걸쭉한 붉은 액체가 뚝뚝 떨어졌다.

"……"

앞을 바라보자 병사들은 바닥에 떨어진 주머니와 똑같은 것을 들고 서 있는 자유군의 모습이 보였다.

안개 속에서 지독하게 퍼졌던 피 냄새. 그건 마굴에서 토벌한 회색 오크들의 피가 담긴 주머니였다.

"베이칸."

카릴은 자신을 막아섰던 기사들의 시체를 뒤로하고 걸음을 옮기며 말했다.

"포로의 수는?"

"혼란스러운 와중에도 강을 건넌 자들이 있긴 했나 봅니다. 그래도 절반 가까이 생포했습니다. 포로의 수는 4만 정도입니다. 강에서 죽은 자들만 족히 천은 훌쩍 넘을 것으로 보입니다."

수왕과 해왕 둘은 안개 속에서 삽시간에 제국군을 먹어치웠다. 붉은 피가 포나인의 강물을 따라 진득하게 흘러넘쳤다.

"포나인에 빠져 죽은 병사들의 시체를 모두 건져라. 그리고 저들도. 어쩔 수 없다지만 그들은 모두 희생자니까."

고개를 끄덕이는 그와 달리 비올라는 살짝 얼굴을 굳히면서 말했다.

"너무 무르군. 앞으로 전쟁에서도 그러실 건가? 앞으로 수천, 수만의 희생자가 나올 텐데도."

"그럴 겁니다."

굳이 그녀가 일깨워주지 않아도 누구보다 전쟁에 대해 잘알고 있는 카릴이었다. 감당할 수 없는 희생자들이 나오는 것은 당연한 일이다.

"가식적이다고 생각할지도 모르겠지만 할 수 있다면 그렇게 할 겁니다."

비올라는 그의 대답에 살짝 얼굴을 붉혔다.

"내가……. 괜한 소리를 했군."

그녀는 어쩐지 부끄러워진 기분 탓에 카릴을 제대로 바라보지 못했다.

"작전이 제대로 먹혔네요. 고작 전투 소리가 들린 것만으로 우왕좌왕해서는 자멸하다니 말입니다."

"제대로 된 제국군이라면 다르겠지."

"네?"

"제국군을 쉽게 보면 안 돼. 전력 차에도 불구하고 그들이 쉽게 와해가 된 건 지휘관 탓도 있으니까."

이번 원정의 사령관인 금기사단의 부단장인 아지프는 뛰어난 무장이지만 결정적인 문제가 있었다.

바로 청, 녹, 려, 등과 같은 전방을 수호하는 기사단이 아닌 황실 친위대라는 점. 그 역시 전쟁을 경험해 보긴 했지만 갑작스러운 상황에 제대로 된 결정을 내리기는 쉽지 않았다.

게다가 가장 중요한 황자의 안위.

'만약 루온이 없이 그가 오롯이 군대를 지휘하는 사령관이었다면 안개 속에서 기사단을 이끌고 싸웠겠지.'

하지만 아지프는 루온을 구하는 것을 가장 우선시했다. 게다가 전투가 있기 전 카릴이 단신으로 제국군에서 보여줬던 무용(武勇)이 그의 머릿속에 불안감으로 계속 남아 있었던 것도 컸다.

"운이 좋았을 뿐이야."

"그 운을 자신의 것으로 만드는 것이 실력입니다."

마르제가 카릴의 옆으로 다가왔다.

기다렸다는 듯 카릴이 그에게 물었다.

"마르제 경, 국경지대에 살던 백성의 수가 얼마나 됩니까?"

"아마 2천은 족히 될 겁니다. 그런데 그건 어째서……?"

자신의 나이보다 몇 배나 어릴 카릴에게 마르제는 자신도 모르게 어느새 존칭을 쓰고 있었다. 그는 선대를 모셔왔던 왕국의 노기사로서 부족한 지금의 왕에게 진실로 충언을 할 때면 군신의 관계를 떠나 이따금 호통을 칠 때도 있었다.

반말할지언정 스스로 먼저 자신을 낮추어 말한 적은 단 한 번도 없었다.

'허허……'

그런 그의 모습을 아벤은 흥미롭게 바라봤다.

솔직히 그 역시 마르제의 기분을 충분히 이해할 수 있었기 때문이다. 존경의 대상에 나이는 중요한 것이 아니었다.

얼마나 큰 그릇인가. 그것이 중요할 뿐이었으니까.

카릴은 그들을 희생자라고 했지만 10만에 가까운 병력이 부딪친 전투다. 사상자라고 해봐야 그 숫자는 양측을 모두 합쳐도 고작 2천을 넘지 않았다.

게다가 승리했다.

'이런 완벽한 전투가 어디 있는가.'

마르제는 역사상 이런 전투는 없었다고 평가했다.

"2천이라……."

잠시나마 생각에 빠졌던 마르제는 다시금 카릴의 목소리에 고개를 돌려 집중했다.

"루온이 2천의 목숨을 걸고 트윈 아머의 문을 열라고 했지."

그의 말에 모두가 고개를 끄덕였다.

"과연……. 4만의 목숨에 대해서 제국은 우리에게 뭘 줄지 궁금하군."

루온이 도망친 북쪽을 바라보며 카릴은 나지막하게 중얼거렸다.

"눈에는 눈. 이에는 이. 루온을 황궁으로 살려 보낸 건 다른 이유가 있어서가 아니다. 녀석이 했던 것처럼 4만의 포로를 고스란히 황제의 눈앞에 보여주기 위함이지."

"허허……."

"역시."

그의 말에 모두가 등골이 오싹한 전율을 느꼈다.

'타이란 슈테안.'

카릴은 눈을 빛냈다.

'나와의 약속을 지키지 않고 멋대로 한 대가를 톡톡히 치르게 될 것이다.'

와아아아아아--!! 와아아--!!

카릴은 들려오는 함성에 흐뭇한 표정을 지었다. 긴장감으로 가득했던 트윈 아머에 왁자지껄한 소리가 들렸다.

"이거야 원……. 포로를 둘 감옥의 자리가 부족할 지경이군요."

"일단은 병사들을 나누어 국경 지대에 있는 마을로 분배를 시켰습니다."

마르제와 아벤은 오랜만에 느끼는 승리에 조금은 취한 듯 기분 좋은 얼굴로 말했다.

"부관들은 모두 격리시켰겠죠? 여기서 제국의 국경까지는 멉니다. 일반 병사들이야 보초의 수가 적어도 도망칠 생각은 못 하겠지만, 부관들은 다르니까."

노장들도 이럴진대 승리의 주역이자 S급 마굴의 토벌자인 카릴은 별일 아닌 듯 이후의 일들에 대해 빠르게 처리하고 있었다.

원래대로라면 마르제의 자리였을 로드 타워의 집무실을 빌린 카릴은 책상에 앉아 있는 모습이 마치 본래 그의 자리인 것처럼 너무나 자연스러웠다.

"네. 걱정 마십시오. 금기사단은 아예 따로 로드 타워에 감옥에 수감시켰고 일반 병대의 부관들도 따로 모았습니다."

올라온 보고서를 빠르게 훑었다.

순식간에 포로들의 배치를 끝낸 카릴은 이후에 제국군의 보급품을 국경 지대의 마을 사람들에게 나누었다.

"이번 전투로 인해서 국경 지대의 논과 밭은 거의 쓸 수 없다고 봐야 합니다. 자세한 조율은 현장에 있는 두 분께서 다시 보시되 이대로 나누면 올겨울은 무사히 넘길 수 있을 겁니다."

보급품의 종류와 단위라든지 긴 겨울을 생각했을 때의 소비량을 계산하는 것까지. 군사를 다루지 않은 사람이라면 절대로 할 수 없는 일이었다.

'대단하군……. 수년 동안 전장에 있던 자들도 이렇게 능숙하게 할 수는 없는데.'

전쟁의 시작뿐만 아니라 카릴의 완벽한 후속 지시에 아벤은 몇 번이나 감탄을 금치 못했다.

"보급품은 이걸로 됐고……. 포로 중에 마법 부대는 특히

주의해야 합니다. 터틀 캐슬에 있는 마력 구속구로는 부족할 테니 타투르에서 지원품이 올 때까지만 신경을 써주시기 바랍니다."

카릴의 말에 아벤은 고개를 끄덕였다.

"물론입니다. 왕국에도 보고를 올렸습니다만 이 정도의 인원을 포로로 잡은 적이 없는 터라……. 당혹스러워하는 것 같습니다."

"흥……. 무능한 인간들. 제국군이 국경을 넘었다는 보고를 받고서도 깜깜무소식이었던 왕궁이 녀석들을 잡았다는 말을 들으니 언제 그랬냐는 듯 연락이 되는군."

마르제는 인상을 구기며 말했다.

하지만 왕궁이 트윈 아머의 상황을 알면서도 무시한 내막에는 카릴과 손을 잡은 베릴 남작이 있다는 것을 그가 알 리 없었다.

물론 카릴의 영향이 없더라도 그들은 국운(國運)을 마르제에게 떠넘겼을 것이다.

'지금의 왕이라면 트윈 아머가 무너지게 된다면 그제야 그의 독단이었다고 뒤집어씌우면서 목숨을 연명했겠지.'

그런 생각은 비단 자신만 하는 것이 아니었다.

자신의 나라에 책임을 지지 않는 자들.

그들을 믿고 과연 무엇을 할 수 있을까.

하지만 카릴은 그 어떤 사족도 붙이지 않고서 아무렇지 않게 지금의 과제만을 해결하고자 말했다.

"괜찮습니다. 거리상으로도 트윈 아머에선 왕궁보다 타투르가 더 가까우니까요. 게다가 제국군의 보급품 일부로 값을 치르셨으니 저희도 손해를 보는 장사는 아닙니다."

"거듭 도와주셔서 감사할 따름입니다, 카릴 경."

"경이라니……. 무슨 말씀을……. 가당치도 않습니다. 저는 그저 타투르의 상인일 뿐입니다."

허리를 숙이며 말하는 마르제에게 손을 저으며 말했다.

그의 말에 두 사람은 피식 웃었다.

사실 카릴도 자신이 말해놓고도 우스운 말이라는 걸 잘 알았다.

특히나 같이 있는 비올라의 표정을 보면 더더욱 확실해졌다.

'말은 잘해요. 남부의 군주라고 당당히 내게 말해놓고는…….'

어쩐지 뾰로통한 표정으로 자신을 바라보는 그녀의 모습을 보며 카릴은 가볍게 웃었다.

"충분히 존대 받아 마땅하십니다. 카릴 경은 저희들의 생명의 은인이시지 않습니까."

사양하는 카릴에도 불구하고 마르제는 다시 한번 고개를 숙였다.

"옳습니다. 나 몰라라 하는 왕궁보다 저희들에겐 자유군이 훨씬 더 감사한 존재이지요."

두 사람의 모습에 카릴은 난처하다는 표정으로 바라봤다. 하지만 한편으로는 얼굴에 만족스러운 듯 입꼬리가 살짝 올라갔다.

'타이란 슈테안의 욕심이 오히려 내게 좋은 결과를 만들었어. 잘됐구나. 저 둘의 마음을 얻을 수 있어서.'

이미, 마광산으로 인해 많은 귀족이 포섭되었다. 무능한 왕들은 서로를 견제하기 위해 더욱더 많은 속성석을 사들였고 그 빚은 기하급수적으로 늘었다.

사실상 빚의 액수는 중요하지 않다. 중요한 것은 신하들의 평가.

제국이나 공국과 달리 약소국이 약소국으로 남을 수밖에 없는 이유는 명백하다.

'가장 큰 문제는 무능한 왕이지만 그를 뒷받침해 줄 수 있는 뛰어난 신하가 없다는 것.'

성공하지 못한 소국 귀족들의 머릿속에 있는 생각은 한결같았다.

자신들을 누가 더 부유하게 만들어줄 것인가.

'그들은 나라를 발전시킬 신념도 없다.'

베릴 남작만 봐도 알 수 있었다.

그는 국운 따위는 상관없다는 듯 자신에게서 어떻게 하면 더 많은, 더 좋은 속성석을 얻을 수 있을까 눈에 불을 켜고 궁리하고 있을 뿐이었으니까. 다른 귀족들이야 두말할 것도 없었다.

"다시 뵐 수 있을까요."

마르제의 말에 아벤을 비롯한 가신들이 모두 깜짝 놀란 표정을 지었다.

"물론."

카릴은 그의 말에 고개를 끄덕였다.

"하나 그때가 되면 결정을 내려야 할 겁니다. 충신으로서 결코 쉬운 일이 아닐 테지요."

북부 국경 지대에 있는 트윈 아머에 있는 그들은 누구보다 타투르에 대해서 잘 알고 있었다.

타투르의 새로운 주인. 마르제와 아벤은 만나지 않았어도 그가 카릴이라는 것을 직감했다. 게다가 단순한 상인이 그만한 병력과 무용을 지닐 리가 없을 터.

'남부의 야만족이 힘을 빌려주고 있다는 것은……'

'굳이 이 이상 설명할 필요가 없지.'

비올라에게처럼 직접적으로 말하지 않아도 다음에 만나면 적이 될 수 있다는 것을 노련한 두 기사는 짐작했다.

"비올라 왕녀님께서 어째서 경을 궁금해하고 계속 지켜보려고 하는지 그 이유를 알 것 같습니다."

아벤은 옅은 미소를 지었다.

"저희는 신하의 도리를 다할 것입니다. 하나…… 트윈 아머가 아무리 견고하다 하더라도 힘이 닿지 않는 후방까지 지킬 순 없는 법이지요."

이미 두 사람의 마음속엔 생각보다 큰 틈이 생긴 듯싶었다.

"자유군을 본 순간 느꼈습니다. 저들을 막을 수 있는 사람은 삼국에서 저희뿐이라는 걸."

아벤은 마르제가 하고자 하는 말을 대신 했다.

두 사람은 알고 있다. 북부에서부터 남하하는 제국과 공국의 물살은 무슨 일이 있어도 자신들이 막을 수 있을지라도 남부에서 밀려오는 폭풍은 자신들의 능력 밖이라는 것을.

"남부의 방어선이 뚫리고 나면 저희들이 할 수 있는 것은 없겠지요. 이미 전황을 돌이킬 수 없는 상황에 놓인다면 어쩔 수 없는 일이니."

아벤은 둘러서 자신들의 생각을 말했다. 그리고 카릴 역시 그들의 생각이 자신의 생각과 똑같다는 것을 알았다.

'확실히 저 둘은 적어도 왕궁에 있는 쓸모없는 인간들과는 분명 다르다.'

그저 왕의 피를 이어받았다는 것만으로 아무것도 하지 않고 옥좌에 앉아 있는 자보다 카릴이 자신의 배를 더 불려 줄 것이라는 생각에 붙은 자들.

카릴이 거창하게 말했던 플랜 B는 어쩌면 그가 아무것도 하지 않아도 저절로 진행되고 있었던 것일지도 모른다.

전생에서도 그랬듯이 이스트리아 삼국은 멸망의 길을 걷고 있었으니까.

'내부에서 이미 왕에 대한 충심이 무너진 상황에서 유일한 걸림돌이라 한다면 바로 이 트윈 아머에 있는 병력이었다.'

하지만 이제 이스탄의 방패이자 트바넬의 수문장이라 불렸던 두 사람의 마음속에도 카릴이란 존재가 선명하게 각인되었다.

무인으로서 그의 무용을 본 두 사람은 비록 카릴에게 끌린 것은 사실이지만 첫 만남에 그를 자신의 군주로 받아들이거나 한 것은 아니다.

일종의 바람. 그러나 똑같은 감정을 겪었던 것은 틀림없을 것이다.

'저런 자가 이 나라의 왕이었다면…….'

두 사람이 각자의 왕국을 지키는 이유는 왕에 대한 충정이 아닌 이 나라의 백성과 터전을 지키고자 하는 이유가 더 컸다. 그런 의미에서 그들에게 카릴은 국경 지대의 백성을 포로로 잡았던 제국이나 그들을 나 몰라라 했던 왕과는 다르게 보일 수밖에 없었다.

이 전쟁의 가장 큰 수확은 제국군의 4만 포로보다 마르제와 아벤 두 사람일지 모른다.

"한데……."

마르제는 조심스럽게 말을 꺼냈다.

"앞으로 어떻게 하실 생각이십니까? 타투르로 가십니까?"

"아뇨."

"그럼……. 시간이 제법 흘렀는데 괜찮으시겠습니까. 이미 나머지 두 황자는 남부에 도달했을 것으로 생각됩니다만……."

그의 걱정은 당연한 것이다. 카릴의 자유군이 남부의 야만족으로 구성되어 있는 것을 알고 있다는 것과 이번 사태가 사실상 야만족과 제국 간의 문제로 벌어진 것이라는 것에서 카릴이 이번 일과 연관이 있다고 생각했다.

물론 제국과 문제가 생겼던 야만족이 남부의 어떤 부족인지, 무슨 일로 인해서 이렇게까지 불씨가 번졌는지와 같은 상세한 정보는 국경에 있는 그가 알지는 못할 것이다.

'애초에 제국조차 려기사단이 남부에서 전멸했다는 것만 알지 그 부족의 정체까진 모르는 상황이었으니까.'

게다가 영토를 먼저 침입한 것은 제국이었으니 그들로서도 진상 규명을 확실하게 하기엔 껄끄러운 점들이 많았다.

'사실 이렇게까지 일을 벌일 정돈 아냐.'

카릴은 생각했다.

올리번이 자신의 사람인 려기사단이 전멸 소식을 듣고 난 뒤에 어떻게 행동을 할 것인가.

'녀석이 디곤과 모종의 계약을 맺은 것이라면 녀석의 입장에서 갑작스러운 사고는 명백한 계약 위반. 최소한 그에 대한 보상은 챙기려 했을 것이다.'

하지만 올리번의 예상과 다른 변수.

황제의 복귀.

그로 인해서 갑작스러운 남부행이 정해진 것이다.

이 모든 것이 세 황자의 입장이 모두 다른 것과 황제의 계략이 맞물리게 된 결과였지만 말이다.

'내가 회색교장을 공략했기 때문에 미래가 바뀌었다.'

자신 때문에 청린의 채취법이 올리번의 귀에 들어가게 되면서 그가 려기사단을 남부로 파견했으니까.

'이건 전생에 없는 일.'

카릴은 하나하나 체크를 해 나가듯 사건들을 비교해 갔다.

'이번 사건에서 내가 바꾼 미래와 상관없이 중요한 것이 하나 있다.'

바로 이번 사태의 전제 조건. 려기사단이 남부를 통해 아무런 제재도 없이 나락 바위에 도달할 수 있었던 이유.

'올리번은 언제부터 디곤 일족과 손을 잡았던 것일까. 오히려 이번 일이 없었다면 녀석과 디곤과의 사이를 알지 못했을 거야.'

이 일이 카릴로서는 행운이라면 행운일지 모른다.

"걱정하지 않으셔도 됩니다."

그는 불안한 듯한 표정을 짓는 마르제를 바라보며 지그시 웃었다.

"남부로 갈 황자는 이미 정해놓았으니까."

"후우……. 아슬아슬했어."

"다시는 네가 모는 배에 타지 않을 거야."

"왜? 내가 아니었다면 시간 내에 도착하지 못했을걸."

수안의 대답에 두샬라는 끔찍한 경험을 했다는 얼굴로 고개를 가로저었다.

수왕이 깨어나고 난 뒤 마치 기다렸다는 듯 포나인의 강물이 거세지면서 수안은 그 거센 강물을 아무렇지 않게 거슬러 올랐다.

에이단과 달리 요동치는 파도에 꽤나 고생을 한 듯 두샬라는 육지에 내려온 지 한참이 지났음에도 불구하고 속이 좋지 않은 듯 창백했다.

"내 배가 싫으면 돌아갈 땐 저 녀석의 머리 위에 올라타. 최소한 멀미는 나지 않을걸."

"……저건 저것대로 싫은데."

"크큭."

몸서리치는 두샬라의 모습에 수안과 에이단은 재밌다는 듯 피식 웃었다.

"저 녀석……. 타투르에서 보이지 않는다고 생각했는데 언제 여기까지 와 있었던 거지. 마스터께선 도대체 언제 이런 준비를 하셨던 거야?"

수안은 진심으로 우러나오는 탄성을 지으며 말했다.

남부로 향하는 마지막 협곡. 끝을 알 수 없을 정도의 성벽같이 까마득한 높이의 절벽이 둘러싸인 이곳에서 그들은 한 무리를 살피고 있었다.

내려다보는 그들의 눈에 모이는 일행들은 난처한 듯 걸음을 멈추고 있었다.

"마스터의 예상대로야."

에이단은 피식 웃으며 말했다.

그러자 두샬라 역시 인정하지 않을 수 없다는 듯 고개를 끄덕였다.

"이로써 남부로 갈 수 있는 사람은 딱 한 명뿐이군."

그녀의 말에 수안은 피아스타 때의 일을 떠올리며 묘한 눈빛으로 아래를 바라보며 말했다.

"잘나신 2황자의 표정을 한번 봐야 하는데."

[크르르르……]

협곡 아래. 괴수의 으르렁거림이 메아리처럼 울렸다.

"……"

그곳엔. 똬리를 튼 채로 거대한 샌드 서펀트가 절벽 사이의 유일한 가도를 떡하니 막고 있었다.

"제르반그 경."

"예, 황자님."

"이곳이 남부로 향하는 유일한 가도가 맞겠지?"

"물론입니다."

말을 세운 올리번은 얼굴을 가리고 있던 후드를 잠시 벗고
는 조각상을 감상하는 듯한 눈빛으로 자신의 앞에 있는 샌드
서펀트를 바라봤다.

"그럼 자네들이 남부로 갈 때마다 이런 괴물을 지나쳤다는
말인가."

등기사단이 어떤 자들인가. 제국에서 누구보다 남부에 대해
서 빠삭한 사람들이었다. 그런데도 제르반그는 지금의 사태가
어떻게 된 건지 이해가 가지 않았다.

"아닙니다……. 설마. 가도는 언제나 안전을 확보해 놓는 상
태인지라……."

제르반그는 난감하다는 표정으로 올리번에게 말했다.

그런 그의 반응이 재밌다는 듯 올리번은 가볍게 웃으며 말
했다.

"농담이야. 남부에 이만한 크기의 서펀트는 유일하다고 들
었는데……. 그것마저 내가 잘못 알고 있는 건 아니겠지."

그의 물음에 제르반그는 황급히 고개를 끄덕였다.

눈앞의 있는 몬스터. 누가 봐도 그 녀석이 틀림없었다.

구릉의 주인. 대륙의 공포라 불리는 위용을 자랑하는 괴수
들. 포나인의 수왕과 해협의 해왕이 있다면 남부에는 바로 이
구릉의 주인이 있었다.

'제길……. 지금까지 쐐기덩굴 구릉에서 밖으로 나온 적이

없는 몬스터가 하필 왜 지금.'

S급 몬스터로 평가되는 녀석은 지금과 같이 물 한 방울 없는 건조한 환경이라면 SS급의 위력을 발휘하기 충분했다.

"……."

남부의 일대가 그렇겠지만 바위와 메마른 흙으로 되어 있는 협곡은 샌드 서펀트에게 최적의 장소였다. 지금이라면 가히 그 능력은 소드 마스터에 범접할 수 있는 괴물이란 소리였다.

"잡으시죠."

그럼에도 불구하고 등기사단의 부단장인 제르반그는 호기롭게 말했다.

[크으으으으……]

그런 그의 말을 알아듣기라도 하는 듯 똬리를 틀고 웅크리고 있는 샌드 서펀트가 으르렁거리듯 숨을 내쉬었다.

"자네 생각은 어떤지?"

"흐음. 불가능한 것은 아닙니다."

하룬 자작은 올리번의 물음에 주위를 살피며 말했다. 황궁에서 올리번의 호위를 맡아 하룬이 데리고 온 사병의 수는 서른. 기사단은 아니지만 자신의 영지에서 데리고 온 정예들은 익스퍼트에 준하는 자들이었다.

'제르반그가 당당하게 말할 수 있는 이유는 그가 데려온 등기사단 때문이겠지.'

하룬은 그의 뒤에는 쉰 명의 기사를 바라봤다. 자신이 대동한 서른 명의 병력보다 더 많은 기사단이었다. 게다가 그들은 질적으로도 다르다.

사병과 달리 등기사단은 말 그대로 모두 기사.

모두가 익스퍼트의 반열에 오른 무인들이다.

베스탈 후작 때문에 명성이 많이 떨어졌지만 전 단장이자 제르반그의 아버지인 구론 경이 이끌었을 당시만 해도 크웰 맥거번의 청기사단과 함께.

'북부는 청 남부는 등이 있다면 제국은 영원할 것이다'라고 할 정도로 대단히 신뢰받는 기사단이었다.

'애초에 베스탈은 단장의 그릇이 아니었고 등기사단의 대부분은 지금도 제르반그를 리더라고 생각하고 있으니까.'

그걸 증명이라도 하는 듯. 남부 국경 지대를 수비하는 등기사단 80명의 기사 중에 단장의 명령을 어기고 후작령을 벗어나 올리번을 마중 나온 기사들이 무려 절반이 넘었다.

'나머지는 원래 등기사단이라기보다는 베스탈을 따르는 1황자의 지지자들. 실력으로 따져도 저들에 비할 바가 못 되지.'

하룬은 올리번을 따른 자신의 결정이 탁월했다고 다시 한번 생각했다. 변방과 국경 지대에 있는 기사들과 귀족들은 황도의 그들과 성격 자체가 다르다. 궁전 안에서 편하게 사는 귀족이 아닌 국가의 안정과 백성의 안위를 가장 앞에서 직접 보며 살아왔으니까.

'황후가 속이 쓰리겠군. 등기사단을 얻기 위해 자신의 오라

버니까지 이용했는데 정작 올리번 황자에게 충성하는 기사가 더 많으니 말이야.'

후작이 올리번을 도우라는 명령을 했을 리가 없다. 그의 명령을 어기고 지금 이곳에 있다는 것은 등기사단 안에서 베스탈 후작의 위치가 어떤지를 보여주는 것이기도 했다.

'하지만 황후께서 이 정도로 물러서진 않겠지. 그분도 수많은 적을 물리치고 황궁에서 끝까지 살아남아 폐하의 옆을 차지하신 분이니.'

"흐음."

어쨌든 황궁의 일이야 나중의 문제였다.

하룬은 정확하게 자신의 전력을 평가했다.

소드 익스퍼트 급의 무인이 80명이라면 거의 기사단급의 병력이라고 해도 과언이 아니었다.

'구릉의 주인이라도 충분히 사냥할 수 있는 병력.'

다소 희생자가 생기겠지만 그렇다고 여기서 시간을 지체할 수는 없는 일이었다. 루온과 크로멘이란 경쟁자가 있는 상황에서 무리를 해서라도 남부로 향하는 것이 가장 중요했다.

"황자님, 잠시 물러나 계십시오. 이곳은 저희들이⋯⋯."

푸드득-

그때였다. 단단히 마음을 먹은 하룬의 말은 상공에서 날아오는 전서구 한 마리에 의해 잘렸다.

"잠깐."

전서구의 발목에 있는 푸른색 인장이 찍혀 있는 쪽지를 확인한 올리번이 그의 말을 끊고서 쪽지를 확인했다.

　"흐음……."

　그 순간 쪽지를 읽던 올리번의 얼굴이 딱딱하게 굳어졌다.

　"왜 안 싸우지? 구릉의 주인과 녀석들을 붙게 해서 후퇴하는 게 마스터의 계획이 아닌가?"

　"그게 아니잖아. 오히려 그 반대지."

　"음?"

　수안의 물음에 두샬라는 쯧- 혀를 차면서 말했다.

　"그때 뭘 들은 거야? 마스터께서 우리에게 협곡에서 확인하라는 것은 두 가지였잖아."

　두샬라는 손가락을 펼치며 말했다.

　"첫째, 샌드 서펀트가 제대로 가도를 막고 있는지. 만약 문제가 생겼을 때를 대비해서 협곡에 심어놓은 속성석을 터뜨려서 가도(假道)의 입구를 우리가 막아야 한다는 것."

　그녀의 말에 수안이 고개를 끄덕였다.

　"둘째, 올리번 황자가 남부로 향하는 것을 포기하고 돌아가는 것을 확인하고 나면 다음 명령을 수행할 것."

　"으흠……. 그런데 마스터의 예상보다 올리번을 따르는 등기사단의 인원이 많은 거 아닐까. 솔직히 저 정도면 샌드 서펀트를 사냥할 수 있을 것 같은데."

수안의 물음에 이번엔 에이단이 대답했다.

"그렇게 쉽게 결정할 문제는 아니야. 2황자의 머리가 얼마나 비상한데 쉽게 붙으려고 하겠어? 샌드 서펀트를 사냥하려면 최소 지금 병력에 절반은 잃는다고 봐야 할걸."

에이단은 올리번의 성격을 누구보다 잘 알고 있었다. 그는 절대로 빈틈을 주지 않는다.

'주크 디 홀드가 아니었으면 내 목숨도 위험했겠지.'

쓴웃음을 지으며 올리번을 바라보는 에이단은 자취를 감춘 그녀의 행방이 궁금했다.

'뭐, 아직도 그녀가 암연의 명령에 따라 올리번에게 도움을 주고 있다면 여전히 위험한 건 마찬가지겠지만.'

그렇게 되기 전에…… 자신이 먼저 선수를 쳐야 한다는 것을 잘 알고 있었다.

"수안의 말도 틀리진 않아. 사냥이 불가능한 인원은 아니지. 트윈 아머에서 루온은 이스트리아 삼국과 전쟁도 불사를 정도였으니까. 이건 제국과 남부의 문제이기도 하지만 그전에 황자들 간의 싸움이니. 누가 먼저 남부에 도착하냐 하는 속도전."

"혹여라도 녀석들이 서펀트를 사냥하게 되면 우리가 나서야 하는 걸까."

수안은 진지하게 물었다.

하지만 두 사람은 오히려 그의 물음에 가볍게 웃었다.

"그럴 일은 없을걸."

두샬라는 수안의 이마를 가볍게 톡, 톡 두들기고는 피식 웃었다.

"마스터가 너를 가장 먼저 자신의 편으로 만든 이유를 알겠어. 그리고 더불어서 타투르의 관리자들을 죽이지 않고 살려 놓은 이유도."

"뭐, 뭐야?"

"잘 봐. 마스터가 우리에게 내린 명령. 구릉의 주인이 몬스터 중에서는 지능이 높다고 해도 결국 몬스터일 뿐이야. 마스터의 명령을 제대로 수행할 수 없을지도 모르기 때문에 만일의 경우를 대비해서 우리에게 협곡의 입구를 막으라고 했지."

"그런데……?"

"하지만 두 번째 명령은 그저 올리번이 돌아가는 것을 확인하고 난 뒤에 그다음 임무를 수행하라고 하셨지."

수안은 여전히 두샬라의 설명에서 무엇이 문제인지 잘 이해가 가지 않은 듯 바라봤다.

"마스터의 말은 어찌 되었든 입구가 막혀 시간을 끌게 되기만 한다면 올리번은 남부로 가지 않고 무조건 돌아간다는 말이지."

그녀 대신 에이단이 설명을 이어갔다.

"……그걸 어떻게 확신하지?"

"그거야 우리도 모르지."

수안의 물음에 두 사람은 서로를 바라보며 어깨를 으쓱하며 말했다.

"마스터잖아."

그들 스스로도 어이가 없는 이유였지만 세 사람은 그 한마디에 납득이 가는 것 같았다.

"어……?"

그 순간 수안은 절벽 아래를 바라보며 낮은 탄성을 질렀다.

"허- 진짜네."

카릴의 말대로 올리번의 병력이 갑자기 기수를 돌리기 시작했다.

"여기서부터 쭉 가면 디곤 일족의 영역입니다만……."

베이칸은 대초원의 초입에 도착하자 카르곤을 세우면서 카릴에게 말했다.

"알고 있어."

그가 하려는 말을 알아차린 듯 카릴이 고개를 끄덕였다. 이 앞에 있는 길은 4대 부족만이 알고 있는 대초원의 지름길.

그들을 따라온 비올라와 그레이스에게까지 자신들이 감춰 놓은 패를 모두 보일 수는 없는 노릇이었다.

"왕녀님. 여기서 이만 저희는 헤어져야 할 것 같군요. 더 이상 내려가면 야만족의 영토입니다."

"아니. 함께 가겠다."

"왕녀님을 보호해 줄 기사들보다 해하려는 자들이 더 많은 곳입니다."

"나는 삼국의 증인으로서 카릴, 당신이 하는 것을 지켜봐야 할 의무가 있다."

하지만 그녀는 막무가내였다.

그런 그녀에게 카릴은 나지막하게 웃었다.

스윽-

"……!!"

그 순간 차가운 냉기가 느껴졌다.

"잊으셨나 봅니다. 저도 그중에 한 명이라는 것을."

비올라는 조금만 움직여도 그가 쥐고 있는 얼음 발톱의 날이 자신의 뺨에 지울 수 없는 상처를 낼 것이라는 걸 잘 알았다.

"유치한 짓 하지 마."

하지만 그녀는 표정 하나 변하지 않았다.

그런 모습에 카릴은 피식 웃으며 검을 거두었다.

"게다가 제가 왕녀님께 부탁한 일이 있을 텐데요."

비올라는 결국 고개를 끄덕였다. 아주 잠깐이었지만 둘 사이의 관계를 잊고 있었던 모양이었다.

카릴이 이뤄내는 말도 안 되는 승리는 어린 시절 영웅담을 보는 것 같이 즐거웠으니까.

"힘든 싸움이 될 겁니다. 전쟁에는 승리만 있는 게 아니라는 걸 기억하십시오."

"당신처럼?"

비올라의 말에 카릴은 옅은 웃음을 지었다.

수많은 패배. 그리고 그 끝이 죽음이었다. 하지만 전생의 그를 모를 그녀의 눈에는 완벽한 전쟁영웅으로 그려질 뿐이었다.

"……내가 어리광을 피운 듯싶군."

비올라는 나지막하게 말했다. 그의 말대로 앞으로 자신이 해야 할 싸움은 카릴과 같지 않을 테니까.

"이만 돌아가지. 애초에 내가 합류를 한 것은 마굴 토벌이 목적이었으니까."

"두려우십니까."

"아니라고 하면 거짓말이겠지. 하지만 그게 나의 아버지는 아냐. 카릴, 인정하겠어. 당신이 내게 보여준 모습에 나는 빠졌던 모양이야. 하지만 정신을 차리고 보니 당신의 그 강력한 검이 곧 우리에게 향하겠군."

그녀는 말의 머리를 돌렸다.

"하지만 고맙다는 말은 해야겠어. 당신의 말이 허황된 것이 아니라는 것을 알았으니까. 그 말은 내가 펜리아의 주인이 될 수 있는 가능성을 당신이 봤다는 걸 테니."

처음 집무실에서 봤던 세상 물정 모르는 어린 소녀의 뒷모습이 아니었다. 카릴은 이제 그녀에게서 왕의 품격이 느껴진다는 것을 알 수 있었다.

'다행히 내 보는 눈이 맞았나 보군. 앤섬 하워드가 골랐던 카드가 바로 그녀였어.'

삼국으로 돌아가는 비올라를 향해 카릴은 말했다.

"왕녀님은 그저 저희를 따라다닌 게 아닙니다. 생각보다 많은 일을 하셨습니다. 트윈 아머 2만의 병사들이 그걸 기억하고 있습니다."

돌아가는 그녀에게 카릴이 무언가를 건넸다.

반짝이는 금 조각. 그건 다름 아닌 미노스의 왕관 조각이었다.

"마찬가지로 왕국으로 돌아가면 많은 것이 변해 있을 겁니다. 잊지 마십시오. 왕국의 근본은 왕이 아니라 백성에게서 나온다는 것을."

비올라는 그가 준 조각을 받고는 고개를 끄덕였다.

"다음에 만나게 되면 나와도 적이 되겠군."

트윈 아머의 두 수장이 그랬던 것처럼 그녀 역시 펜리아의 왕녀로서 소임을 다할 것이다.

카릴은 그녀의 질문에 아무런 대답을 하지 않았다.

"……."

그리고 비올라 역시 기대하지 않았다. 이미 그 대답은 처음 만났을 때부터 정해져 있었으니까.

"확실히 왕녀께서 변하셨네요. 처음 숲에서 봤을 때와는 달라졌습니다."

"응. 나도 그렇게 생각해."

그리 오랜 시간을 함께한 것도 아닌데 베이칸과 키누는 마치 오랜 여동생이 성장하는 모습을 보는 것 같은 표정으로 떠나는 비올라를 바라봤다.

"이제 어떻게 하실 생각이십니까? 자유군조차 물리시고."

"사실상 마굴 토벌만 놓고 보면 우리들로도 충분했지. 하지만 자유군을 대동한 이유는 비올라와 트윈 아머의 수비대에게 내 힘을 보여주기 위함이었어."

베이칸과 키누는 이미 예상했다는 듯 고개를 끄덕였다.

"내가 어째서 루온이 있는 트윈 아머를 첫 전장으로 삼았는지 알아? 루온이 물러가게 되면 올리번은 남부로 가지 않을 거거든."

사실상 황자들 중에 남부와 연이 깊은 사람은 올리번이다. 다른 두 사람과 달리 이번 사건의 당사자인 그가 남부로 내려가게 되면 사건이 급속도로 진행될 것이기 때문이다.

"실제로 녀석의 입장에서 이번 일은 난처한 일이지. 먼저 약속과 달리 나락 바위의 5대 일가를 친 건 려기사단이니 남부에게 죄를 묻는 것도 그렇다고 아무런 수확도 없이 다시 제국으로 돌아가는 건 황제 때문이라도 더더욱 힘들고 말이야."

말 그대로 계륵(鷄肋).

'솔직히 녀석이 어떻게 나올지 지켜보는 것도 재밌는 일이겠지만……'

카릴은 올리번이 행보가 뻔히 보였다. 루온이 제국으로 돌아간다는 보고를 받으면 그는 해결하기 어려운 남부의 일을 크로멘에게 떠맡길 것이다.

'크로멘이 이 일을 처리하든 처리하지 못하든 둘 다 녀석으로서는 나쁘지 않은 일일 테니까.'

처리하게 되면 골치 아픈 일이 해결되는 일이고 처리하지 못하면 크로멘의 무능함을 다시 한번 알리게 되는 일이 된다.

"그렇다고 2황자가 정말 아무런 수확도 없이 그냥 물러날까요?"

"물론 녀석이라면 그대로 그냥 제국으로 돌아가진 않겠지. 돌아가는 제스처만 취하고 국경 어딘가에서 크로멘의 상황을 지켜보고 있을지도."

"그럼……?"

베이칸의 물음에 카릴은 대답 대신 살짝 눈을 흘겼다.

'올리번이라면 적어도 누군가의 목 하나는 들고 가겠지. 그게 야만족이 될지 황족이 될지는 봐야겠지만.'

"우리는 디곤으로 간다."

카릴은 깊은 숲을 바라봤다.

란돌을 들쳐 메고 질주했던 숲길을 다시 보자 감회가 새로운 기분이었다.

"마침 마굴에서 좋은 것도 하나 얻었으니까."

베이칸의 얼굴에서 묘한 미소가 떠올랐다.

그는 등에 전에는 없었던 커다란 뭔가를 메고 있었다.

"재밌겠네요."

카릴은 눈빛을 빛냈다.

'너희들 마음대로는 안될 거다. 너희는 내 손바닥 안이니까.'

"칼!! 카아알--!!"

"어휴, 귀청 떨어지겠어요. 왜 그러세요?"

"지금 태평하게 있을 때야? 난리가 났다. 난리가 났다구. 전쟁이 터질지도 모른다고."

코브의 길드 사무실에 있던 캄마는 항구에 모이기 시작하는 군선들을 바라보며 불안한 목소리로 말했다.

"에이, 호들갑 좀 그만 떠세요."

"호, 호들갑? 야 이 녀석아. 너야말로 세상 물정 몰라서 태평하게 있을 수 있는 거지. 강철 함대의 위용은 코브 사람이라면 지나가는 개도 안다고."

칼 맥은 이를 딱딱거리면서 불안해하는 그의 모습을 보며 피식 웃었다.

"대단한 건 잘 알겠는데요. 화이트 벙커와 싸우게 된다면 적어도 저 대단한 함대로는 싸우지 않을 거니까 걱정 마세요."

카릴이 타투르로 돌아간 이후 칼 맥과 캄마는 몇 개월간 공국과 도시를 오고 갔다.

라바트 길드는 이제 꽤 코브에 자리를 잡았고 화이트 벙커의 귀족들과도 안면을 튼 상태였다. 덕분에 칼은 캄마의 오두막정을 수도 없이 봐왔다.

그렇기에 이제는 그 모습이 익숙한 듯 웃었다.

"어휴, 하나는 알고 둘을 모르는 건 네 녀석이다. 함대야 당연히 움직이지 않겠지. 설마 너는 나를 배가 산으로도 갈 수 있다고 생각하는 바보로 여기느냐."

"에이…… 설마요."

"눈빛이 좀 마음에 들지 않는데. 뭐, 어쨌든 중요한 건 지금까지와 달리 프란이 제스처를 취하고 있다는 말이지. 아마도 제국이 남부에 정신이 쏠려 있는 분위기 때문이기도 하겠지만."

"그걸 만든 게 마스터구요."

칼은 캄마가 어지럽혀 놓은 책상을 보며 한숨을 쉬고는 서류를 담을 상자를 가져오며 말했다.

"그래, 그래. 공국이든 제국이든 모두 마스터의 손에서 움직이고 있지. 하여간 대단한 사람이라니까. 발걸음을 한 번 뗄 때마다 나라가 들썩이니."

"맞아요."

캄마는 그의 대답에 고개를 끄덕이다가 황급히 손을 저으면서 말했다.

"아니, 그게 아니지! 내가 할 말은……."

"잠자코 있던 프란 경이 함대를 소집한다는 건 해전을 하지 않더라도 전쟁의 의사를 밝혔다는 것. 그건 단순히 코브와 화이트 벙커 간의 싸움이 아닌 7공작 전원의 일로 번지겠죠."

칼은 집무실에 쌓여 있는 서류들을 정리하면서 기다렸다는 듯 대답했다.

"이후로 3공작 윌메이, 4공작 자크소가 화이트 벙커를 지지했고 5공작 락히엘, 6공작 보니토스, 7공작 루이체가 프란 경의 손을 들어줬죠."

"……."

"숫자상으로는 3대4라 1공작인 튤리의 위세가 약해진 게 아니냐는 평가지만 사실상 루레인 공국의 나머지 군사력은 3, 4공작이 월등하게 많으니 프란 경이 열세인 것은 마찬가지네요."

쉴 새 없이 떠들던 수다스러운 캄마의 입이 칼의 설명에 멈추었다.

"어디 보자……. 화이트 벙커에 상주군이 5만이고 코브의 군사는 4만. 하지만 둘 다 당장에 전 병력을 소진할 수는 없는 상황에서 나머지 공작들의 지원을 받으면 대충 7만 대 5만의 전쟁이겠네요."

칼은 허공에 있는 종이에 글을 쓰는 것처럼 손가락을 몇 번 움직이더니 셈을 마쳤다.

"그렇게 따지면 남부를 치려고 루온 황자가 7만의 병력을 출병했다는데 확실히 제국이 스케일이 다르긴 달라요. 그죠?"

"아니, 지금 그게 문제가 아니라……."

턱-

칼은 캄마에게 서류가 든 상자를 건네면서 말했다.

"그리고 몇 개월 동안 물건만 팔다 보니 잊으셨어요? 저희는 정보 길드라는 거."

"음?"

"우리가 단순한 상인이라면 이미 화이트 벙커와 계약을 텄겠죠. 몇 개월이나 공을 들이며 시간을 끌었던 건 오히려 저희가 이 전쟁이 나는 걸 기다렸기 때문이니까요."

칼은 씨익! 웃었다.

"프란에 대한 정보를 팔아야죠."

캄마는 그 순간 아찔한 기분이 들었다.

"게다가 마스터가 했던 말이 있잖아요."

"음?"

"전쟁이 시작되면 든든한 지원군이 올 거다. 우리가 해야 할 일은 그들과 함께 타투르로 돌아가는 것."

하지만 캄마는 그 말에 인상을 구겼다.

"남아 있는 사람이라고 해봐야 미하일뿐이잖아. 이제 겨우 마법사의 반열에 오른 애송이 한 명을 믿고 수만 명이 죽어 나갈 전쟁터에서 살아 돌아오라니……. 그게 말이 돼?"

"마스터가 시킨 일이잖아요."

"어휴, 넌 뭘 보고 그렇게 마스터의 말을 믿는 거냐. 마스터가 대단한 건 인정하지만 그렇다고 그가 신이라도 되는 건 아니잖아."

칼 맥은 캄마의 물음에 씨익 웃었다.

"아저씨."

"아, 아저씨?! 녀석아. 몇 번이나 말했잖아. 나는 3명밖에 없는 타투르의 관리……."

"마스터가 싸우는 모습 못 보셨죠?"

"……뭐?"

캄마의 핀잔에도 불구하고 칼은 이미 친한 사이인 듯 그의 어깨에 가볍게 손을 올리며 말했다.

"신은 모르겠지만 장담하건대 마스터는 최소한 드래곤은 혼자 잡으실 사람이에요."

툭, 툭.

먼지를 털어 내듯 칼 맥은 여유롭게 캄마를 두들기며 말했다.

"그런 마스터가 든. 든. 한. 지원군이라고 했으니 실력은 고민할 필요가 없을 걸요?"

대범한 소년은 오히려 전쟁을 기대하는 표정으로 웃으며 말했다.

"공국의 새로운 시대에 저희가 있을 겁니다."

►**Chapter 7**◄

디곤 일족의 막사.

오랜 세월 동안 남부의 패자로 군림하고 있던 디곤 일족은 대륙의 왕국들에 버금가는 규모를 가지고 있지만, 야만족답게 전통적인 막사를 짓고 살았다.

"생각지도 못한 방문객이 찾아왔군."

하지만 이름만 막사일 뿐 몇 겹의 목책으로 둘러싸여 있는 여왕의 막사는 성이라고 해도 과언이 아닐 정도로 대단한 위세를 자랑했다.

"기다렸던 자들은 오지 않고 조금 뜬금없는데?"

날카롭고 카랑카랑한 목소리가 들렸다.

짧게 자른 은색의 단발과 마치 드래곤을 닮은 황금빛 눈동자. 막사 중앙에 있는 커다란 방석 위에 앉아 한쪽 다리를 세워 그 위에 팔을 걸치고 아래를 내려다보는 여인은 그 모습만으로도 범접할 수 없는 위용이 느껴졌다.

디곤의 여왕, 밀리아나. 옥좌 양옆으로 서 있는 그녀의 친위대는 미동도 하지 않고 그들의 앞에 있는 남자를 주시했다.

"……."

하지만 숨이 막힐 듯한 날카로운 시선을 받으면서도 의외로 남자는 당당했다.

그 역시 한 일족의 수장이었으니까.

"북부에 찌그러져 있어야 할 늑여우가 이 더운 곳까지 어인 행차인지 말이야."

제국의 3황자가 아닌 가장 먼저 디곤을 찾은 사람은 다름 아닌 하시르였다.

"전할 말이 있다."

"전할 말? 소문이 정말 사실이었나 보군. 늑여우가 주인을 섬긴다는 소문 말이야."

밀리아나는 그의 말에 입술을 씰룩이며 놀랍다는 표정과 함께 비아냥거리듯 말했다.

"디곤의 위세가 높긴 하지만 제국과 전쟁을 치르진 않을 터. 애초에 그들이 공격한 건 5대 일가. 본디 디곤의 보호를 받아야 할 부족들이고."

"……."

그녀의 비아냥에도 불구하고 하시르는 자신이 할 말만을 담담하게 말했다.

"마스터의 전언이다. 만약, 디곤이 교도 용병단의 비공정이 착륙하는 것을 거부하고 있다면 내가 오기 전까지 황자 중 누가 와도 거래를 하지 않길 바란다."

"하? 내가 왜 그래야 하지?"

하시르의 말에 밀리아나의 얼굴이 조금 굳어졌다. 배짱 좋게 말했지만 실제로 세 황자 중에 가장 먼저 남부에 도착한 교도 용병단의 비공정이 아직 그녀의 거절로 상공에 그대로 떠 있었기 때문이었다.

"그게 디곤이 명맥을 유지 할 수 있을 유일한 길이니까."

콰아아아앙--!!

그 순간 그녀의 친위대들이 일제히 쥐고 있던 대검을 뽑아 하시르를 향해 겨누었다.

"……."

스무 개의 검이 목에 닿았지만 그는 눈 하나 깜빡하지 않았다.

"강단은 있군."

밀리아나는 손을 들어 친위대를 물렸다.

"한 가지 묻지. 늑여우의 행동은 북부 전체의 뜻이냐 아니면 너희들만의 독단이냐."

"우리 늑여우는 단 한 번도 북부의 이민족들과 함께한 적 없다. 늑여우는 무리를 짓지 않으니까."

"그래. 그러니 신기한 거지. 그런 너희들이 같은 이민족도 아닌 대륙인에게 머리를 조아리고 있다니 말이야."

그녀는 다시 한번 하시르를 향해 물었다.

"네 생각을 듣고 싶은데."

"굳이 따진다면 지금은 늑여우의 독단이지. 이단섬멸령으로 인해 제국이 북부를 들쑤셔 놓았으니까."

낮게 숨을 토해내고는 하시르는 말했다.

"하지만 곧 북부 전체의 뜻이 되겠지."

흥미로운 표정으로 그를 바라봤다.

"자신할 정도인가 보군. 늑여우의 입에서 그런 말이 나오다니……. 놀라운데. 모시는 주인이란 자가 그 정도로 대단한가 보지?"

"나에 대한 자신이겠지."

두 사람 사이에 묘한 긴장감이 흘렀다.

밀리아나는 알고 있다. 대초원의 4부족과 남부의 5대 일가까지 지금 카릴이란 자의 수하로 들어갔다는 것. 북부 전체의 뜻이 되도록 만들겠다는 하시르의 말에는 이미 북부의 나머지 부족들까지 카릴의 것이 될 수 있다는 이기도 했다.

정말 그의 말대로 남은 것은 디곤뿐일지도 모른다.

"안일했어. 용이 조심해야 할 건 제국의 애송이들이 아니었군."

밀리아나는 으르렁거리듯 말했다.

하지만 후드로 얼굴을 가린 채 하시르는 남부의 열기보다 더 차가운 눈빛으로 그녀에게 말했다.

"용이라…… 아직까지 자신들을 그렇게 부르고 있다니 낯 뜨겁지 않은지 모르겠지만."

입이 가려져 있지만 그의 목소리에 어쩐지 비웃음 같은 것이 느껴졌다.

"만나보면 알걸. 제아무리 용이라도 그 남자에겐 사냥감에 불과하다는걸."

빠득-

밀리아나가 그의 말에 이를 갈았다. 날카롭게 솟은 송곳니가 마치 정말 드래곤의 것처럼 번뜩였다.

"'만나보면'이라니. 이미 만나봤는데."

"……!!"

"하시르, 네가 나를 그 정도로 평가해 주는 줄은 몰랐는데. 이거 나름 뿌듯한데."

그때였다. 막사 뒤에서 들려오는 목소리에 하시르뿐만 아니라 그곳에 있던 모든 사람이 놀란 표정을 지었다.

"하지만 딱히 나는 용 사냥꾼이 되고 싶진 않아. 드래곤이라면 확실한 전력이잖아? 웬만하면 수족으로 다룰 수 있으면 좋겠지."

저벅- 저벅- 저벅-

정돈된 발걸음 소리가 막사에 울렸다. 어쩐 일인지 친위대들조차 그의 등장에 누구 하나 검을 뽑아 들지 못했다.

"이제 만난 거야? 너무 늦었잖아. 내가 시킨 일이 생각보다 힘들었나 봐."

"……언제 오신 겁니까. 그리고 제가 늦은 게 아니라 마스터
께서 너무 빨리 오신 겁니다."

"알잖아. 남부로 통하는 지름길을 알려줄 사람이 내게 있다
는 걸."

"제가 괜한 헛걸음을 한 것 같네요."

"운이 좋았을 뿐이야."

카릴은 하시르를 지나치며 옅게 웃었다.

"북부에서 내가 말한 건?"

"찾았습니다. 말씀대로 꽤 고생을 하긴 했지만."

"좋아."

두 사람은 짧게 대화했다. 무슨 일인지 알 수 없는 밀리아나
만이 그를 날카롭게 노려보았다.

'언제……?'

디곤의 막사를 이렇게 아무렇지 않게 들어올 수 있는 자가
과연 몇이나 있을까.

그녀는 허리에 차고 있는 두 자루의 세검에 조용히 손을 가
져갔다.

그 순간 카릴이 손가락으로 그녀를 가리키며 말했다.

"그 검은 뽑진 않는 게 좋겠는데. 딱히 싸우려고 온 것도 아
니고, 그리고 나름 우린 구면이잖아?"

"구면……?"

카릴은 품 안에서 손을 집어넣었다.

"허튼짓하지 마. 멈춰."

그녀가 긴장한 목소리로 말하자 카릴은 가볍게 웃으며 천천히 손을 꺼냈다. 그의 손에 가면 하나가 들려 있었다.

"너……?"

카릴은 그 가면을 자신의 얼굴에 포개었다가 떼었다.

"내가 데리고 왔던 자는 어때. 가르칠 만하던가?"

그러자 밀리아나는 그의 말에 어처구니없다는 듯 헛웃음을 터뜨렸다.

"네 녀석이었군. 건방지게 나를 협박했던 놈 말이야."

"협박이라니. 좋은 선택을 하길 바란다는 의도에서 말했을 뿐이지. 뭐, 게다가 네가 그를 보고 오히려 가르치고 싶은 욕심이 생길 거라는 생각도 했고. 마음에 들지 않던가?"

"흥……."

카릴은 부정을 하지 않는 그녀의 모습에 고개를 끄덕였다.

밀리아나 정도라면 충분히 그의 재능을 알아봤을 테니까.

"기다리던 자는 아마 안 올 거야. 올리번이 협곡에서 기수를 돌렸다는 보고를 받았거든. 게다가 무슨 거래를 한 건지 모르겠지만 이번 일이 아니라도 올리번과 그 쓰레기는 절대로 너와의 약속을 지키지 않을걸."

"무슨 소린지 모르겠군. 네가 귀족이라도 되나? 말하는 투가 꼭 그를 잘 알고 있는 것처럼 말하는구나."

밀리아나는 카릴을 흥미롭게 바라봤다.

'잘 알지. 녀석이 너와 무슨 약속을 했는지는 모르지만 절대로 지키지 않을 거라는 건. 왜냐면 그놈이 네 목을 직접 베었으니까.'

카릴은 처음에는 디곤이 제국을 도와준 것에 대해서 의아했다.

하지만 전생에서 신탁을 이행하는 과정에서 그녀가 얼음 발톱을 들고 자신과 함께 싸웠던 것을 기억했다.

'야만족이었던 네가 신탁을 수행하기 위해 나와 함께 싸웠던 이유는 단순히 타락으로부터 대륙을 지키기 위함만은 아니었던 거야.'

이미 이때부터였다. 올리번은 밀리아나에게 무언가를 약속했을 것이 틀림없다.

그리고 그녀는 그걸 위해 싸웠던 것이고.

'그걸 알아야 한다.'

카릴은 눈빛을 빛냈다.

대륙인인 그가 무엇을 약속했기에 야만족인 디곤의 마음을 움직이게 할 수 있었는가. 그렇게 되면 디곤의 힘을 자신의 것으로 만들 수 있을 것이라 확신했다.

"황족들에게 꼬리를 흔드는 귀족보다 낫지. 이번엔 타투르의 주인이자 남부의 군주로서 찾아온 거니까."

"남부의 군주라……."

밀리아나는 카릴의 말에 살짝 인상을 찡그렸다.

하지만 한편으로는 어처구니가 없어 오히려 흥미가 느껴졌다. 어찌 보면 자신이 군림하고 있는 남부를 빼앗은 적인 주제에 너무나 당당하게 말하고 있었으니까.

카릴은 조금 허리를 숙이며 그녀를 향해 말했다.

"거래해 볼까?"

"거래? 네가 나와 무슨 거래를 하겠다는 거지?"

밀리아나는 카릴을 보면서 어처구니없다는 표정을 지었다.

"제국이 네게 어떤 조건을 제시했지? 도대체 뭘 약속했기 때문에 남부의 명예조차 팔아버렸는지."

"……뭐?"

카릴은 가볍게 손가락을 튕겼다.

"아, 정확히 말하면 제국이 아니라 올리번인가? 너도 순진하군. 황제도 아니고 황자의 말을 곧이곧대로 믿고 있고 말이야."

"미친놈."

밀리아나는 그를 향해 으르렁거리듯 말했다.

"그게 무엇이 되었든 그보다 더 입맛 다실 녀석을 주지. 내 계획에 동참해라."

"크…… 크큭."

그녀는 어깨를 들썩이며 웃었다. 황당할 정도로 당당한 모습이라 오히려 웃음이 나오고 있었다.

"좋아. 나와 거래를 하고 싶다고?"

매서운 눈빛으로 밀리아나가 카릴을 바라봤다.

"남부의 군주라고 칭하는 자라면 남부의 규율 정도는 알고 있겠지."

카릴은 그녀의 말에 마치 바랐던 것처럼 고개를 끄덕이며 노래를 읊조리듯 나지막한 목소리로 말했다.

"야만은 야만답게."

콰아아아앙--!! 콰강--!!

순간.

막사 안을 울리는 굉음이 터져 나왔다. 앉아 있던 그녀가 탄환처럼 튀어나가며 허리에 차고 있던 두 자루의 세검을 뽑아 카릴에게 휘둘렀다.

"흐음."

그녀는 쉴 새 없이 검을 몰아쳤다. 애검인 듀얼 소드, 아크 (Ark)와 게일(Gale)의 날에 옅은 검기가 서렸다. 제국인들에게서 볼 수 있는 마나 블레이드가 아닌 순수한 마력 그 자체.

하지만 너무 옅어 검기라고 부를 수도 없을 정도로 미약했지만 분명 카릴의 오러 블레이드와 같은 것이었다.

'약하긴 하지만 확실히 용마력. 그래도 저릿한 느낌이 나쁘지 않은걸. 흔한 마나 블레이드보다 더 강해.'

뺨을 스치며 느껴지는 찌릿찌릿한 살기. 확실히 남부의 패자라 불릴 만한 기세였다.

콰앙--!!

카릴이 있는 힘껏 그녀의 검을 밀치자 튕겨 나가듯 밀리아나가 뒤로 물러났다.

"내 검을 막아? 큐란을 죽이고 타투르를 차지했다는 게 헛소문은 아닌가 보군."

"에이……."

그녀의 말에 카릴은 피식 웃었다.

그 웃음의 의미를 알지 못해 밀리아나는 살짝 고개를 갸웃거렸다.

"고작 그 정도로?"

파앗……!!

얼음 발톱을 긋자 밀리아나는 황급히 쌍검을 엑스자로 교차해서 카릴의 공격을 막았다.

"큭?!"

예상치 못한 엄청난 힘에 그녀의 허리가 뒤로 활처럼 꺾였다. 한쪽 무릎을 바닥에 꿇으며 가까스로 버티자 카릴은 그녀를 내려다보며 나지막한 목소리로 속삭였다.

"기사단 정도는 쓸어버려야 어디 가서 검 좀 쓴다고 말할 수 있지."

"설마……. 네가 란돌의……."

그의 말에 밀리아나의 눈동자가 커졌다.

카드득……. 카득……!!

'제길……, 무슨 힘이 이렇게……?!'

검을 맞댄 상태에서 카릴을 밀치려고 밀리아나는 안간힘을 썼지만 오히려 더욱 자세가 무너질 뿐이었다.

"물론, 나도 야만의 방식을 딱히 싫어하진 않아."

카릴이 지탱하고 있던 그녀의 한쪽 다리를 가볍게 툭 걸어 넘어뜨렸다. 순간 자세가 무너지면서 공중에서 비틀거리며 뜨자 그는 지체 없이 그녀의 옷깃을 잡아 던지다시피 막사 밖으로 밀었다.

쾅……!! 주르르륵--!!

둔탁한 소리와 함께 그대로 엎어질 뻔했던 그녀는 마치 디딤대라도 있는 것처럼 공중에서 한 템포 뛰어오르며 바닥에 착지했다. 하지만 카릴의 힘을 모두 지워내진 못한 듯 착지를 한 채로 비틀거리며 뒤로 밀려났다.

'확실히 마력을 컨트롤할 줄 아는군. 특유의 리듬은 거의 완성이라고 봐야겠어.'

지금 상태로도 그녀의 능력은 소드 마스터에 버금간다고 할 수 있을 것이다. 하지만 자신과 신탁을 이행하던 시절의 밀리아나는 지금과 비교할 수 없을 정도로 뛰어났다.

나르 디 마우그, 백금룡을 만나고 난 뒤. 용마력을 이어받긴 했지만 스승이 없던 그녀에게 그의 가르침은 천금과도 같은 것이었으니까.

'하지만.'

부웅--

카릴이 얼음 발톱을 가볍게 한 바퀴 돌리며 천천히 막사 밖으로 걸어갔다.

"그러니 할 거면 제대로 해야지. 야만답게."

웅성웅성…….

갑작스러운 소란에 디곤 일족들이 공터로 나와 두 사람의 결투를 지켜봤다.

"보는 눈이 많아졌는데. 괜찮겠어?"

"시끄러!!"

저릿저릿한 통증이 아직까지 느껴졌지만 밀리아나는 카랑카랑한 목소리로 소리쳤다.

"여왕의 실력을 한번 볼까?"

파앗-!!

순식간에 10m 정도의 거리를 한걸음에 좁히며 밀리아나가 달려 나갔다. 양옆으로 튀기는 흙먼지와 걸음을 내디딜 때마다 찍히는 발자국에서 힘이 느껴졌다.

즈아아앙……!!

그녀의 검이 춤을 추듯 흔들렸다.

후웅-!

찰나의 순간. 구경꾼들은 눈으로 쫓을 수 없을 정도의 빠르기로 밀리아나가 수십 번 카릴의 급소를 노렸다.

카강……! 카가강! 캉! 카캉!!

그건 인지하고 펼치는 검술이라기보다 본능적으로 쏟아붓

는 쾌검이라고 하는 것이 옳았다.

'어째서……?!'

속사포처럼 쏟아지는 검격 사이로 카릴은 큰 동작을 취하지도 않는데 그녀의 품 안으로 아무렇지 파고들었다.

화르륵--!!

그 순간 불꽃이 일었다.

"염지(炎指)."

카릴의 오른손등에 박혀 있는 아인 트리거가 붉게 변하더니 붉은 화염구 세 개가 만들어졌다.

"……!!"

폭염왕의 힘이 담긴 화구는 단순한 불이 아니었다.

"발화(發火)."

그의 영창이 끝남과 동시에 쏘아진 세 개의 불꽃이 머리와 가슴 그리고 뒤의 사각을 노렸다.

"흡!!"

밀라아나는 화구를 피하기보다 숨을 참으며 오히려 더 앞으로 달려 나갔다. 몸을 한 바퀴 돌면서 두 검을 번갈아 가며 위에서 아래로 내리그었다.

그녀의 머리와 가슴을 노리던 화구가 정확히 반으로 갈라졌다. 화염이 폭발하는 속도보다 빠르게 밀라아나는 카릴의 목을 노리며 다시 한번 검을 그었다.

카아앙--!

얼음 발톱에 막힌 그녀의 검.

하지만 오히려 그걸 기다렸다는 듯 그녀가 카릴의 어깨를 밟으며 위로 뛰어 올랐다.

회심의 미소.

밀라아나가 시야에서 사라지면서 뒤쪽 사각을 노렸던 마지막 화염구가 카릴의 얼굴을 향해 날아왔다.

턱-

"……!!"

하지만 그것도 잠시 바로 코앞까지 날아온 화염구엔 신경도 쓰지 않고 카릴은 자신을 뛰어넘으려는 그녀의 발목을 잡았다. 그러고는 있는 힘껏 그녀를 내려쳤다.

콰아아앙……!!

요란한 폭음소리와 함께 시커먼 연기가 솟구쳐 올랐다.

"컥…… 커컥!!"

밀리아나의 몸이 부르르 떨렸다.

'제대로 된 보호 마법을 쓰지는 못하는 것 같지만 용마력이 자연적으로 열기를 막았군.'

카릴은 그녀의 모습을 빠르게 살폈다. 용마력이란 특수한 마력을 가지고 있지만 아쉽게도 그 절대량이 너무 부족했다.

'나르 디 마우그를 만나 마력혈의 마력을 채워 혈맥을 뚫으면서 그녀의 실력도 늘었으니까.'

검술 그 자체는 완성도가 높았지만 확실히 전생에 자신이

기억하던 용의 여제와 지금은 차이가 있었다.

그때였다. 두 사람을 감싸던 검은 연기가 일순간 흩어지면서 날카로운 검풍이 카릴을 노렸다.

콰아아앙--!!

밀리아나의 쾌검과는 다른 묵직한 강검이 그를 덮쳤다.

"네놈……!!"

연기를 뚫고 들려오는 귀에 익은 목소리.

카릴은 어쩔 수 없다는 표정을 지으며 옅은 한숨을 쉬었다.

"원래는 타투르에서 만날 거라고 생각했는데 내가 너무 소란을 피웠군."

란돌이었다. 오랜만의 재회였지만 아쉽게도 그의 눈빛은 형제를 바라보는 것이 아닌 적을 바라보는 눈빛이었다.

'그때와 달라졌군. 검을 쥔 자세부터 좋아졌어. 확실히 현존하는 검술 중에서는 디곤의 것이 완성도가 높아.'

다행이라면 다행일까.

그는 카릴의 계획대로 밀리아나의 수련을 받고 있는 듯 보였다. 가능하다면 자신의 검술을 가르쳐 주어도 좋겠지만, 그가 파렐에서 창조한 다섯 자세는 정말 억겁이란 말이 어울릴 정도로 검을 휘두르고 나서야 얻을 수 있는 깨달음이 없다면 불가능한 것이었다.

제국의 검술이 강한 이유는 검술 그 자체가 뛰어난 것이 아니라 마력을 가지고 있기 때문이었다.

'오히려 검술만 놓고 본다면 남부인과 북부인의 검술이 훨씬 높은 수준이다.'

태생적으로 마력이 없는 이들이기에 기술적인 측면을 발전 시킬 수밖에 없었다. 하나 그중에서도 디곤의 검술이 대륙에 서 가장 뛰어난 것은 야만족 특유의 기술과 함께 용마력이라 는 특수한 바탕이 있어 마나 블레이드를 쓸 수 있는 제국인에 게 가장 알맞은 것이었다.

'날 못 알아보는 건 조금 유감이지만.'

한편으로는 려기사단을 전멸시킨 자신을 알아보는 것도 문 제였을지도 모른다.

'차라리 네가 티렌처럼 의심이 많은 사람이 아니라서 다행이다.'

카릴은 천천히 가면을 썼다.

'란돌, 네가 단명하는 바람에 전생에서 나와 함께했던 시간 은 길지 않았지만 시간이 흘러 다시금 너를 떠올렸을 때 나는 누구보다 네가 검에 자질이 있다는 걸 깨달았다.'

그리고 회귀를 하고 난 뒤. 그가 검술 훈련을 하는 모습을 보고 확신했다. 이미 검의 극의에 도달했던 카릴이기 때문에 그는 란돌의 실력을 단번에 예측할 수 있었다.

"다만 아쉬운 건 흐르는 피겠지."

콰아앙--!!

카릴이 눈 깜짝할 사이에 란돌의 코앞까지 다가왔다. 흠칫 놀라며 란돌이 뒤로 물러서려 했지만 카릴은 그에게 틈을 주지 않았다.

"마침 잘 되었어. 네가 제물이 되어줘야겠다."

"닥쳐!!"

란돌이 마력을 집중하자 해방된 불꽃의 검날에 조금 전 카릴의 아인 트리거보다 더 강력한 화염이 뿜어져 나왔다. 화신(火神)과도 같은 맹렬한 그의 모습에 분노가 서려 있었다.

밀리아나조차 지금까지 알던 모습이 아니라 눈빛이 흔들렸다.

"나쁘진 않군."

하지만 그 모습에도 불구하고 카릴의 평가는 차가웠다.

"으아아아--!!"

란돌이 있는 힘껏 검을 그었다. 디곤 일족의 특유의 경쾌한 스텝이 섞여 맥거번 가의 묵직함과 조화를 이루었다.

그 순간 카릴의 검날이 보랏빛으로 빛났다.

서걱.

요란한 란돌의 공격과 달리 발도의 자세를 취한 카릴이 체중을 싣지 않고 팔만 쭉 뻗는 가벼운 자세로 얼음 발톱을 그었다. 그곳에 있던 사람들이 마치 약속이라도 한 듯 자신의 눈을 비볐다.

"어……?"

번뜩였던 섬광은 잘못 본 것이 아니었다.

'너와 보낸 시간은 기껏해야 1년도 안 돼. 형제애 같은 게 아냐. 란돌, 내가 너를 살려둔 이유는 따로 있다.'

카릴이 더 이상 볼 것 없다는 듯 천천히 허리를 세우며 검을 집어넣었다.

"컥…… 커컥."

란돌의 몸이 부르르 떨렸다.

벼락을 맞은 듯 정수리에서부터 강렬한 마력이 그의 전신을 훑고 지나갔다. 뜨거운 김이 솟구치는 것처럼 그의 어깨에서 새하얀 열기가 뿜어져 나왔다.

툴썩.

실이 끊어진 인형처럼 란돌은 그대로 무릎을 꿇고 앞으로 고꾸라졌다. 밀리아나 때와는 달리 카릴은 그를 상대함에 있어 결코 손속에 사정을 두지 않았다.

압도적인 힘. 그 차이.

제물이란 그런 것을 보여주기 위함이니까.

'아직은 때가 아니야.'

카릴은 그런 그를 잠시 바라보고는 시선을 돌렸다.

"설마……."

그 순간 밀리아나의 눈빛이 흔들렸다. 검에서 뿜어져 나왔던 보랏빛 섬광 속에 담겨져 있는 마력을 유일하게 그녀만이 알아차렸다.

"말도 안 돼……."

자신의 것과는 비교할 수 없을 정도로 강력한 용마력.

"어떻게 네가?"

다른 자들은 몰라도 같은 마력을 보유하고 있는 그녀는 카릴의 마력을 단번에 알아차렸다.

정신을 잃고 쓰러진 란돌의 옆으로 천천히 카릴이 그녀에게 다가갔다.

"거래."

한마디에 그녀의 어깨가 움찔거리며 떨렸다.

"제국도 주지 못하는 걸 네게 주겠다고 했지?"

파즈즉……!!

순간.

카릴의 손에서 흐르는 보랏빛의 마력이 사라지면서 우윳빛의 순수한 오러가 감쌌다.

'밀리아나, 네가 백금룡을 만나 성장하기를 기다리기엔 너무 늦어. 내가 그 전생의 시간을 앞당겨 주마.'

"용마력."

옅은 속삭임이 귀에 꽂혔다.

"네게 가르쳐 주마."

카릴은 그녀에게 말했다.

후우우우웅―

강렬한 바람이 위에서 아래로 불어오자 새하얀 모래가 사방으로 흩어졌다.

"드디어 도착인가."

고든 파비안은 비공정이 바닥에 내려앉자 가득 짜증이 섞인 목소리로 말했다.

"제이건."

"네, 단장님."

"남부에 도착해서 우리가 얼마나 하늘에 떠 있었지?"

"열흘입니다."

교도 용병단의 부단장인 제이건은 심기가 불편한 고든의 모습을 보며 조심스럽게 말했다.

"흐음……."

고든은 아무렇지 않게 중얼거렸다.

"그년 목을 분질러 버릴까."

표정 하나 바뀌지 않고 말하는 그의 모습은 마치 남의 일인 양 대수롭지 않아 보였지만 내용은 전혀 그렇지 않았다.

"남부와 전쟁이라도 치르시겠다는 겁니까. 황제와의 약속은 어떻게 하시구요."

하지만 이제 고든을 모시는 데 이력이 난 부단장은 그런 그의 말에 고개를 저으며 대답했다.

"못 할 것도 없지. 어차피 분쟁을 해결하기 위해 온 거잖아. 둘 중 한 놈이 죽으면 분쟁이 일어나지도 않을 테니까."

남들이 하면 헛소리처럼 들릴 수 있겠지만 고든 파비안이 말하면 충분히 현실로 일어날 수 있는 일이었다.

"뭐, 그것도 한 방법이긴 하겠네요. 단지 크로멘 황자님께서 동의를 해주신다면요."

"저 때문에 고든 경이 수고가 많으십니다. 형님들이었다면 이렇게 시간이 걸리지 않았을 텐데……."

고든은 자신의 허리에도 채 닿지 않은 작은 소년을 바라보며 가볍게 웃었다.

그 미소마저 맹수가 으르렁거리는 것처럼 보여 보는 이로 하여금 소름이 돋게 만들었다.

"제가 죄송할 따름입니다, 황자님. 아무래도 남부의 야만족들은 촌구석에만 박혀 있어 고든 용병단의 이름을 들어보지 못했나 봅니다. 본보기로 몇 놈의 사지를 찢어버리겠습니다."

"아, 아뇨. 아닙니다. 그러실 필요 없습니다."

크로멘은 고든의 말에 화들짝 놀라며 손을 저었다.

"흐음."

"굳이 고든 경께서 손에 피를 묻힐 필요가 없다는 뜻입니다."

아쉬운 듯한 표정을 짓는 그를 향해 크로멘은 웅얼거리듯 말했다.

"황자님, 가시지요."

이번 여정에서 크로멘의 호위 기사로 그를 수행하고 있는 노기사인 케플란은 태어났을 때부터 그를 돌본 집사였다. 어쩌면 제국 내에서 유일한 크로멘의 지지자일지 모른다. 수많은 황궁의 암투 속에서도 지금까지 그가 살아남을 수 있었던 것도 케플란이 있었기 때문일지 모른다.

고작 노기사 한 명의 영향력이 얼마나 클 수 있을까 하는 생각이 들지만 그건 그의 실력보다 배경이 큰 것이다.

"남부는 역시나 뜨겁군요."

이번 원정에서 황제의 명에 참가하게 된 1급 사제인 유린 휴가르가 특이하게도 집사인 그에게 예의를 갖추어 얘기했다. 전장의 광인이라 불릴 이 남자가 오히려 한 발 먼저 물러나며 오히려 크로멘에게보다 더 조심스러워 하는 진기한 모습을 보여주었다.

그게 케플란의 배경의 힘이었다.

바로. 교단(敎團).

"이러실 필요 없습니다. 유린 경. 저는 그저 이번 원정에 황자님의 수발을 들기 위해 따라온 시종에 불과할 뿐입니다."

"알고 있습니다. 하지만 케플란 님이 계시기 때문에 폐하께서 저를 이곳에 함께 보내신 걸 수도 있으니까요."

"설마. 그러시겠습니까."

평상시와 다르게 유린은 능청스럽게 말했다. 그도 그럴 것이 케플란은 과거 차기 주교로까지 추대받았던 인물이기 때문이다. 하지만 무슨 연유에서인지 교단을 버리고 조용히 여생을 제3황자의 보호자가 되어 살고 있었다.

'뭐…… 그 덕분에 우리야 편하지만.'

그와 황제 간의 무슨 일이 있었는지는 알지 못하지만 유린은 지금의 주교와 달리 보수적이고 딱딱한 그가 차라리 교단을 버리고 나온 것이 다행이라고 생각했다.

'과거에 1급 사제일 때는 꽤나 날렸다고 듣긴 했는데…….
뭐, 나이가 나이인 만큼 지금은 종이호랑이겠지.'

애초에 교도 용병단에 고든이란 규격 외의 괴물이 있기 때문에 자신이나 케플란 같은 자는 오히려 일반인 같은 느낌이 들었다.

"황자님, 모시겠습니다."

유린이 무슨 말을 하든지 상관없다는 듯 케플란은 크로멘의 옆에 서서 커다란 우산을 들고 뜨거운 햇볕을 가렸다.

그리고 그의 뒤를 티렌 맥거번이 따랐다.

"형님, 무슨 생각을 그리 하십니까?"

엘리엇이 나지막이 물었다.

"너는 이 조합이 의미하는 게 뭐라고 생각하지?"

"네?"

티렌의 물음에 그가 살짝 고개를 갸웃거렸다.

'용병, 교단 그리고 황권.'

사실상 가장 약하고 영향력이 없는 3황자이지만 조합상으로만 본다면 힘만 있는 1황자와 오직 자신뿐인 2황자와 다르게 가장 다채롭고 가능성이 많았다.

'폐하께서는 단순히 황자의 보호를 위해서 교도 용병단을

붙였을까.'

그는 이곳에 오기 전 고든이 했던 말을 떠올렸다. 이곳에서 자신이 어떻게 하느냐에 따라서 황자의 미래가 달렸다는 말.

대륙제일검이라 불리는 최강자인 크웰 맥거번의 아들이긴 하지만 자신은 황궁에 이렇다 할 측근도 없는 새파란 피라미에 불과하다.

'너무 큰 짐이야……'

하지만 티렌은 해내야 한다.

"디곤의 막사입니다."

그런 그의 고민도 잠시. 용병단의 안내자가 가리키는 방향으로 거대한 야만족의 거점이 보였다.

"후우……."

티렌은 자신의 첫 임무에 긴장된 듯 낮은 한숨을 내쉬었다.

그곳에서. 어떤 일이 벌어질지 예상하지 못한 채.

"너로군. 우리를 기다리게 한 디곤의 여왕이란 자가."

막사 안. 대륙의 다섯 명밖에 존재하지 않는 강자는 수천 명의 전사가 눈앞에 있어도 아랑곳하지 않고 참아 왔던 말부터 꺼냈다.

"딱 봐도 알겠군. 당신이 고든 파비안인가."

"딱 봐도 알겠다면서 뭘 묻지?"

은은하게 흘러나오던 살기는 어느새 날카롭게 돋아나 주위를 짓눌렀다. 디곤족의 전사들은 수적으로 자신들이 우세하다는 것을 알면서도 고든이 내뿜는 기세에 움찔거렸다.

"용병왕이라는 자가 입에 걸레를 물었나 싶어서."

"열흘이나 사람을 기다리게 해놓으면 용병왕이 아니라 제국의 황제라도 이럴걸."

"아하."

"아하?"

고든 파비안을 두고도 밀리아나는 절대로 밀리지 않았다.

실력으로 따진다면 소드 마스터의 정점에 오른 그를 그녀가 이길 수 없을 것이다.

하지만 남부의 패자로서 자존심을 굽히는 것 역시 절대로 할 수 없는 일이었다.

"이번 려기사단의 사건에 대하여 황제 타이란 슈테안께서 해결코자 크로멘 황자를 남부에 파견하셨습니다."

"그래?"

밀리아나는 티렌을 바라봤다.

"황자의 이름을 말하는 걸 보니 네가 황자는 아닐 테고. 넌 누구지?"

"……저는 크웰 맥거번의 차남. 티렌이라고 합니다."

"황자 밑에 사람이겠군?"

"물론입니다."

"그럼 넌 빠져."

티렌은 크웰이라는 이름을 듣고도 아무렇지 않은 표정으로 말하는 그녀에게 자존심이 상했다.

"남부는 오직 우두머리의 결정을 따른다."

그러고는 천천히 크로멘에 시선을 옮겼다.

"네가 아니라 저 꼬마가 내게 직접 말해야지. 네가 가져온 패를 보여봐. 값어치에 따라서 살려 보낼지 죽일지를 결정할 테니."

"무례한……!!"

엘리엇이 그녀를 향해 소리쳤다.

"무례? 야만족에게 예의를 차리라는 것도 개소리지만 옳고 그름은 따져야지. 5대 일가를 먼저 친 건 너희들이다. 나는 분명 남부의 문을 열어주었고 그에 대한 대가가 뭐지?"

"……"

그들은 대답을 못 했다.

사실 디곤이 어째서 남부의 문을 열어주었는지 정확한 이유를 알지 못했기 때문이다.

그녀가 비밀리에 거래를 한 대상은 제국이 아닌 올리번이었고 그는 끝까지 자신의 잘못을 얘기하지 않았다. 오히려 남부 야만족의 기습으로 이 일을 포장했으니까.

"뭐, 좋아. 5대 일가 놈들이 나락 바위를 가는 너희 기사들을 막았을 수 있지. 그리고 싸울 수도 있어. 남부에서 전투는 정당한 이유만 있다면 언제든 가능하니까."

밀리아나는 말을 이었다.

"하나 너희 제국은 1황자를 통해 군사를 출병했다고 들었다. 그건 어떻게 설명할 거지? 화친할 건지 척화를 할 건지 결정하기 힘드니까 둘 다 내보이고 협박하듯 내키는 대로 하겠다는 건가?"

그녀의 목소리가 날카로워졌다.

"절대 그런 게 아닙니다."

크로멘은 당황한 듯 말했다.

하지만 이미 노련한 밀리아나의 페이스에 어린 황자는 대처하지 못했다.

"제국의 오만이냐?"

"그건……."

그때였다.

"확실히 네 말대로 야만족에게 예의를 차리라는 건 개소리군."

잠자코 보고 있던 고든이 몸을 돌렸다.

"돌아가시죠."

"네?"

그의 말에 크로멘은 깜짝 놀란 듯 바라봤다.

고든은 황자 대신 티렌을 바라봤다.

"……."

자신에게 이번 일의 중책을 맡겼던 그에게서 싸늘한 대우를 받자 티렌은 마지막 자존심마저 구겨진 듯 자신도 모르게 입술을 깨물었다.

철컥-

막사 밖으로 나서려는 그의 앞을 병사들이 가로막았다.

고든은 표정 하나 변하지 않은 채로 문을 지키고 있던 병사의 팔을 가볍게 움켜쥐었다.

우드득--!!

마력을 쓴 것도 아닌데 오직 완력만으로 병사의 팔을 그대로 으스러뜨렸다.

"컥…… 커컥!!"

거기서 멈추지 않고 고든은 반대쪽 병사의 무릎을 그대로 발로 찍었다.

콰득!!

우람한 근육을 자랑하던 병사조차 그의 무게를 버티지 못하고 부러진 다리뼈가 살을 뚫고 튀어나왔다.

"이건 남부의 오만이냐."

고든은 쓰러진 두 사람을 같잖다는 듯 발로 밀며 말했다.

순간. 무거운 긴장감이 막사 안에 감돌았다.

"남부는 오직 우두머리만 따른다고? 그럼 내게도 발언권이 있겠군. 내 결정에 따라 교도 용병단이 디곤을 쓸어버릴 수도 있으니까."

"……."

밀리아나는 그를 바라봤다.

"이봐, 여왕. 적어도 남부의 열기에서 열흘을 기다린 자에게 네놈들이 할 첫 마디는 거래나 대가 따위를 지껄일 게 아니라 최소한 자리에 앉으라는 말이어야지."

지금까지와는 다른 중압감이 느껴졌다. 고든 파비안은 막사의 문을 걸으며 나지막한 목소리로 말했다.

"아무래도 우린 조금 더 조율할 필요가 있겠군."

"……이거면 됐나?"

"그래."

밀리아나는 크로멘이 떠나는 뒷모습을 바라보며 말했다. 붉은 노을이 조금 전의 숨 막혔던 상황과는 상반되게 무척이나 여유롭게 보였다.

그녀는 한숨을 내쉬었다.

"할 짓이 못 되는군. 저 괴물. 당신과는 느낌이 완전히 달라. 잡아먹을 듯 노려보는데 조금만 긴장을 늦춰도 몇 번이나 목이 뜯겨 나가는 기분이었어."

"앞으로 몇 번 더 올 거다. 이대로 포기할 리 없으니."

"쳇, 이 짓을 한 번도 아니고 몇 번이나 더 해야 하다니. 죽어 나가겠군."

그녀는 고개를 저었다.

"디곤의 여왕이 앓는 소리를 해서 쓰나."

"하루에 두 번이나 패배감을 느끼는 게 얼마나 뭣 같은 일인지 알아?"

"패배감은 아니고 한 번은 진짜 패배지."

"……너도 못지않게 재수 없군."

카릴은 투덜대는 그녀의 말에 옥좌 뒤에 기대어 가볍게 웃었다. 구구절절 설명할 것도 없이 인정할 건 인정하는 맺고 끊음이 확실한 그녀의 성격은 전생이나 지금이나 똑같았다. 그렇기 때문에 이런 말도 안 되는 거래를 그녀가 받아들일 수 있었던 걸지도 모른다.

'란돌을 그녀에게 맡길 수 있었던 것도 같은 이유에서고.'

"지치는 일이야. 이런 일이라면 네가 우리에게 제시했던 청린의 제공량을 다시 조정해야겠어."

밀리아나는 지친다는 듯 커다란 방석에 대(大)자로 누우며 말했다.

"바랄 걸 바라. 애초에 내가 아니었다면 청린을 얻을 수도 없잖아. 청린을 나눠주는 것만으로도 고맙게 생각해."

"나 참. 뭐, 솔직히 당신이 청린병을 그 정도로 준비했을지는 몰랐으니까. 뒤통수 맞은 기분이긴 하지만……. 올리번이 실패하고 난 뒤에 끝났다고 생각했는데. 설마 그걸로 디곤을 칠 생각이었나?"

"상황에 따라서는."

아무렇지 않게 말하는 그의 모습에 밀리아나는 질렸다는 표정으로 헛웃음을 지었다.

"그나저나 무슨 생각이지? 어떻게 되든 디곤은 제국과 이 일을 일단락 지어야 해. 그냥 이렇게 보낸다고 해서 서로가 '네' 하고 웃으면서 넘어갈 수 있는 게 아니란 건 당신도 잘 알 텐데."

"일단락을 짓기 위해 하는 일이야."

"뭐?"

그녀는 여전히 카릴의 생각을 읽을 수 없다는 듯 고개를 저었다.

도대체 몇 수 앞을 내다보고 있는 걸까.

일 대 일의 싸움이 아니라 그와 전쟁을 치른다 하더라도 승산이 있을지 의문이 들 정도였다.

"대어를 낚기 위해서는 준비도 철저히 해야 하는 법이지."

"대어……?"

카릴은 눈빛을 빛냈다.

"그럼. 크로멘은 아주 좋은 미끼가 되어줄 테니까."

하지만 밀리아나는 그런 그의 계획에는 놀라지 않고 오히려 짜증이 섞인 목소리로 말했다.

"한 가지 묻지."

"뭔데?"

"네가 용마력을 얻게 된 건 비밀이라고 치고. 내가 너의 용마력을 배우게 되면 저 덩치를 내 앞에 무릎 꿇릴 수 있을까."

"고든?"

아무래도 조금 전 그의 기세에 눌렸던 것이 그녀로서는 여간 자존심이 상하는 일이었나보다.

장난이 아니라 진심으로 묻는 것 같아서 카릴은 피식 웃고 말았다.

"붙어 본 적이 없으니 평가를 내릴 순 없겠지만……. 적어도 넌 내가 생각하는 대륙의 강자 중에 일곱 번째다."

"일곱 번째? 뭐야? 그 애매한 위치는."

카릴의 대답에 그녀는 석연치 않다는 표정으로 되물었다.

하지만 그녀의 질문에 카릴은 대답하지 않았다.

'비교할 수 없던 건 고든이 네가 백금룡을 만나기 전에 죽었기 때문이지.'

카릴은 흥미로운 눈빛으로 밀리아나를 바라봤다.

'전생에 너는 최강이라 불렸던 대륙의 다섯 소드 마스터. 그리고 나를 제외하고 분명 가장 강한 자였다.'

팔짱을 낀 채로 말했다.

"분명한 건."

밀리아나가 카릴을 올려다봤다.

"최강좌(最强座)가 다섯으로 굳어졌던 시간이 너무 오래되었다는 거지."

카릴은 담담한 표정으로 고든이 떠난 길을 바라보며 나지막하게 말했다.

"이제 물갈이될 때도 됐어."

to be continued

마왕성 플레이어

트레샤 퓨전 판타지 장편소설
WISHBOOKS FUSION FANTASY STORY

신들의 전장, 하멜.

집으로 돌아가기 위한 마지막 싸움.
믿었던 동료가 배신했다!

[영혼 이식의 대상을 선택해 주십시오.]

뒤바뀐 운명. 최약의 마왕. 그리고…….

"이번에는 좀 다를 거다!"

어둠 속에 날카로운 칼날을 감춘,
마왕성 플레이어의 차가운 복수가 시작된다.

힐통령
태양의 사제

제리엠 게임판타지 장편소설

WISHBOOKS GAME FANTASY STORY

"착하긴 뭐가 착해? 저런 퀘스트를 하는 건 착해서가 아니고
그냥 호구인 거야. 호구."

등 뒤에서 멀어지는 소리에
카이가 슬쩍 그들을 돌아봤다.

'내가 호구라고? 설마.'

[곤경에 처해 있는 NPC에게 선행을 베풀었습니다.]
[선행 스탯이 1 상승합니다.]

착한 일을 하면 보상이 따라온다?!

계산적이지만 그래서 더 선행을 할 수밖에 없는
힐이면 힐, 딜이면 딜.
힐통령 카이의 미드 온라인 정복기!